ファン文庫

能楽師 比良坂紅苑は異界に舞う

著　木犀あこ

マイナビ出版

能楽師 比《ひ》良《ら》坂《さか》紅《こう》苑《えん》は 異界に舞う

木犀あこ

目次

第一夜

清経

間違いない。

ここは、異界なんだ。

僕――橋野《はしの》昂《すばる》は、渇いた喉に唾を呑んだ。こめかみをつたう汗がぬるい。天井の高い空間、巨大な空調機の吐き出す、巨人の息のような風の音。

畳敷きの床に座布団を並べただけの客席には老若男女、あらゆる年代の人々が座り、みな一様に舞台を見つめている。

舞台……一般に演劇で使われるような、正面にのみ客席が設けられた形の舞台ではない。正方形に近い、磨かれた木製の本舞台。広さは六メートル四方ほどであろうか。その本舞台に通じるように作られた、向かって左手に長く伸びる「橋」。舞台を囲うように敷かれた玉砂利。「橋」に沿って、三本の松が植えられている。

ここは、奈良町にある能楽堂――。

比良坂《ひらさか》流宗家の所有する、比良坂能楽堂だ。

奈良に住んで二年、近鉄奈良駅から東大寺までの坂道にある店や、東向《ひがしむき》商店街のテナント、興福寺周辺のホテルや施設、隠れ家的な小料理店に至るまで、ずいぶんと界隈の事情には詳しくなったつもりだった。

猿沢《さるさわ》池の裏……今御《いまみ》門町《かどちょう》に位置するこの能楽堂の存在も、もちろん知っていた。大学構内に貼られていた公演の知らせを何度か目にしたこともある。

伝統芸能である能楽にしても、鑑賞するのは初めてのことではない。日本文化を研究するもののはしくれとして、歌舞伎や文楽と同じように能楽を見に行くことだってあるし、シナリオとしての詞章をひもとくこともある。

だからこの場所は、僕にとって決して知らない場所と呼ぶべきものではないはずなんだ。にもかかわらず、僕はこう感じた。ここには、異界があると。

今僕たちが生きている現世とはたしかに違うもの。なのに、薄皮一枚隔てた、すぐ隣り合わせにあるもの。黄泉だとか、彼岸と呼ぶべきなのだろうか。あちら側の世界が、確かにここにある。

なぜそう感じる？　この比良坂能楽堂が、公共の施設として建てられた他の能楽堂に比べて古いから、なのだろうか。窓が小さく、照明も白熱電球のままで、真夏の昼間だというのに薄暗いからだろうか？　いや、違う。

「見える」人間である僕が異界を感じているのは、今舞台の上に立つ、ひとりの男の姿そのものなのだ。

その男は、蒼ざめた肌の色をしていた。白皙《はくせき》、とでも表現したほうがいいかもしれない。皮膚が透けるように蒼く、髪は黒く、わずかに伏せた目も深く、黒々としている。

舞台に立つ男が膝立ちの姿勢のまま、扇を広げる。わずかに節の目立つ、繊細な指先。金と赤の扇には花が描かれているように見えた。雛菊、だろうか。

会場は静まり返っている。やがて男が、深い地の底から震えてくるような声で「謡い」

始めた。

月を蔵《かく》して懐に……持ちたるあふぎ《おうぎ》……。

受付で配られた演目のプログラムには、「班女《はんじょ》　舞アト」との曲名が書かれていた。再会を約束した男を待って、待って、待ち続けて、ついには「物狂い」となってしまった遊女、花子《はなご》。宿の長から追い出され、放浪する彼女がめでたく愛するものと再会するまでを描いた演目らしい。

男と取り交わした扇を手に、遊女、花子は舞う。

取る袖も、三重襲《みえがさね》……その色衣の、夫《つま》の約言《かねこと》──。

寵愛を受けながらも捨てられ、不要となった自らの身を秋の扇にたとえるかのように、彼女は舞う。出会いと別れは世の必定。何も恨みはしない。だが、ただただ思われないこの身がつらく、悲しいだけ。

秋風は吹けども、荻《おぎ》の葉の、そよとの便《たより》も聞かで。

そんな彼女の嘆きを、舞台の上の男が舞っている。肌にしみいるような謡《コーラス》を背負って、地から足裏を浮かせないすり足で、舞台を回り、謡い、開いた扇を翻し――捨てられた人間の悲しみ、自責の「うた」を舞い続けている。

あら由《よし》なや。形見の扇より……形見の扇より……。

観客はみな押し黙っていた。誰もが男の手を、白足袋を履いた足の先を、翻る黒紋付の袖を、息も忘れて見守っていた。

舞台にいるものは、たしかに現代を生きる生身の人間だ。

しかし、その声と、その舞は。

今、ここにあるものから遠く隔たった、嘆く女……遊女花子そのものであるのだと、この場にいるすべてのものが、そう感じていただろう。

僕はいつの間にか、拳を握りしめていた。

遊女花子の嘆きが、鋭い痛みを伴って自分自身の胸に突き刺さってきた。

なお裏表あるものは、人心なりけるぞや。扇とは虚言《そらごと》や逢わでぞ恋は添うものを……。

曲調が変わり、テンポが速くなり、舞台の上の男から、捨てられた者の生身の感情があふれ出す。

所作そのものはひたすらに象徴的で、抽象的なものでしかないのだが——その動きのひとつひとつには、人間のたしかな悲しみが宿っていた。


逢わでぞ恋は……添うものを……。


同じ詞が二度繰り返され、男がもとの立ち位置に帰ってきた、そのとき。

曲の終わりと同時に、僕は見たのだ。

男の身体にとりついていた、女の霊がすっと、煙のように消えうせるのを。


それは初めてのことだった。

物心ついたときから幽霊を見続けてきた僕が初めて目撃した、「昇華」の瞬間だった。

1

奈良は、朴葉色の街だ。

同じ古都でも、東大寺や奈良公園を中心とする奈良市内と、四条あたりの京都市内とでは、まったくもって雰囲気が異なっている。

京都の街は、古くて、新しい。学生も観光客も多くて、街中のあちらこちらが賑やかだ。

奈良はとにかく穏やかで、静かだと思う。正倉院展のときなどは駅周辺にたくさんの人が集まるものの、なんというか、どれほどの人が集まろうとも、東大寺の裏側だとか、奈良町の路地だとか、飛火野を望む浮見堂のあたりなどは――時の流れがゆっくりとしている感じがして、空気がふんわりとしている。

鹿のイメージもあるのか、興福寺の五重塔がシンボル的にそびえているせいなのか。とにかく僕が東京都内から奈良に越してきて初めて抱いたイメージは、朴葉色の、落ちついた街というものだったのだ。

近鉄奈良駅から徒歩十分ほどの大和女子大学《やまとじょし》に院生としてもぐりこんで三年目になるが、今でもそのイメージは変わっていない。

奈良はとにかくしみじみとあたたかくて、鹿の毛の香ばしいにおいがする、ひたすらに穏やかな古都の街なのだ。

古都に住む人たちは優しい――もとからこの地で生まれた人たちも、事情があってここに越してきた人たちも。

僕の通う大和女子大の学生たちも例外ではなく、ほとんどの学生たちは、一部の教授と職員以外の関係者が全員「女性」であるこのキャンパス内に迎え入れられた僕のことを、ごく自然に受け入れてくれた。

僕がひとり食堂でラーメンをすすっていても、図書館でうろうろと資料を探していても、巨大な屋根のあるカフェのテラス席で「てづくりプリン」をもりもり食べていても、みんな嫌な顔ひとつ見せはしない。

さすがに一年目は、誰なんだあいつはという感じでひそひそされもしたけれど、二年もキャンパスにいると「東京の大学からやってきて、幽霊か何かを研究している院生らしい」ことが知れ渡ってきて、奇異な目で見られることもなくなった。

また、僕の存在で、「学部に入学できるのは性自認が女性のものに限るが、院に関しては特に入学するものの条件を定めてはいない」ことを初めて知る学生も多いらしい。

今はすれ違う学部生に、会釈をされることなども多くなった。僕自身の見た目――ちょっとそばかすのある鼻に銀縁の眼鏡をかけて、いつも襟付きのシャツを着ている――や性別はどうあれ、僕はこのキャンパスの住人として受け入れられ、のんびりと学生生活を送っている。

学部生がたったの二千人という、このコンパクトな大学は、キャンパス内もこぢんまりとして、居心地がいい。

今僕はそんなキャンパスの中心、煉瓦造りの池のほとりに座って、生協のサンドイッチをかじっている。かたく焼いた胚芽パンにたっぷりのキャベツとトマトを挟んだだけの、素朴なもの。野菜もとれるし、味が淡白なおかげで無理なく食べることができるから、入学当初からのお気に入りである。歯ごたえがあるせいか、天気のいい日に屋外でこれをもりもり食べていると、考え事が進むことが多いのだ。

気がかりはもちろん、博士論文のことだ。円山応挙《まるやまおうきょ》の幽霊画に見る「日本の幽霊」のイメージについてあれこれと資料を集めているが、既存の仮説をこえていく何かを出せる気がしない。

脚のない幽霊の起源はどこにあるか、その姿を一番初めに描いたのは誰か、などを論じるだけでは、だからどうしたと言われてしまうだろう。

それに――そのことを突き詰めたところで、幽霊の何がわかるというのだろうか？

今は五月。博士課程はまだ始まったばかりとはいえ、方向性すら決まっていないというのは、やはりまずい。

盆地である奈良は冬寒く、夏は暑い気候なので、五月ともなると汗ばむ陽気となることも多い。手で顔を扇ぎ、僕は立ち上がる。

とりあえずこのあとは文学部N棟四階にある資料室に寄って、必要な文献を借りてくるつもりだ。歩き出し、今日はちょっと動いただけで汗ばむ陽気だな、なんて思っていたところで、N棟内のエレベーターがメンテナンス中であったことを思い出す。仕方ない、景色でも楽しみながら、外階段で行くとするか。

戦前に建てられた記念館の横を通り、正門近くにあるN棟へ。鼠色の階段の段をひとつひとつ踏みしめながら、僕は四階を目指す。なんとなく足元を見ながら歩を進めて、ふと顔を上げた、そのときだった。

僕の数段前を行く、背中が見える。背格好からして僕くらいの年齢の男性らしい。僕は浅く息を呑んだ。動悸が、さらに早くなる。

重心のさだまらない姿勢。薄く青い色に光る全身。

あれは、生きた人間ではない。

幽霊だ。

向こうは後ろを歩く僕には気づいていないらしい。ただふらふらと、それでもどこかを目指しているかのようなしっかりとした動線で、どんどん階段を上っていく。一瞬だけ立ち止まった僕は、すぐにその姿を追いかけていた。放っては——おけない。曲がりなりにも幼い頃から幽霊と接してきたので、その霊が「理由があって地上をさまよっている」ものなのか、「ただなんとなく現世に留まっている」だけなのかくらいは、見極める自信がある。

この幽霊は、前者だ。高いところに登ろうとしていることにも、きっと理由がある。

足音を消して、僕はさらにその背中を追いかける。男性の幽霊は最上階、四階の廊下にたどりついたところで立ち止まり、そのコンクリート製の手すりにもたれかかった。東のほうに顔を向けている。この四階の外廊下からなら、東大寺の屋根くらいは見えるはずだ。

僕も階段を上がりきる。一メートルくらいの距離をおいて立ち止まり、声をかけてみた。

「こんにちは」

だいたいの幽霊は、生きた人間に、自分が生きていたときと同じような挨拶をされると、戸惑うものだ。しかし目の前にいる男性の幽霊は、くるりと僕に顔を向けただけで、怪訝な表情のひとつも浮かべはしなかった。律義に会釈を返してきて、また手すりの向こうの景色に視線を投げる。こちらに背を向けた相手に近寄り、少し距離をおいて横に並ぶ。眼下には校舎裏の通路が見えた。生きている人間からすると、少しぞっとする高さだ。

男性の幽霊は横に並んだ僕のほうをさして気にする様子もなく、ただ奈良の街並みを眺めているように見えた。端整な顔立ちだ。距離をとったままで、僕は語りかける。

「僕には、あなたのことが見えます。声も聞こえます」

少し妙に聞こえるかもしれないが、経験上、こう声をかけたほうが相手も安心することはわかっていた。

ほとんどの幽霊は、自分が死んだことを自覚してはいない。どうやら幽霊というやつになったらしいとまでは自覚できるのだが、それが自分自身の肉体の死とはうまく結びつかないものであるらしいのだ。

自分からは生者が見えて、声も聞こえている。しかし自分から話しかけても反応がない。それはどれほどまでに、心細いものであるのだろう？

「だから――お話を、しませんか？」

男性はまたちらりと僕のほうを見て、唇をわずかに歪めた。

「僕は橋野昴と言います。ブリッジの橋に、野原の野。すばるはおひさまの日の下に卯の花の卯の字を書いて、昴です」

丁寧に漢字の表記まで伝えた僕のことがおかしかったのか、男性はようやく微笑らしいものを見せてくれた。それでいい。相手の名前を知ること、漢字を思い浮かべること、そうした事務的な作業が、彼らに現世での感覚を取り戻させる。

「奈良は――」

また目を逸らした男性が、細い声で話し始める。透明感のある、よく通る響きだ。

「変わりませんね。店ができたとか、潰れたとか、そういう小さなことは別にして、です。安心しますよ。久しぶりに帰ってきても、おかえりって言ってもらえてるみたいで」

相手が普通に話し始めたことに安堵して、僕もほっと息を吐く。軽い微笑みを浮かべたままで、問いかけてみた。

「県外に出られていたんですか？」

「ええ。東京です。高校を卒業して、すぐに引っ越したんですけど」

「僕、東京からこっちに出てきてるんですよ。西東京に実家があるんですけど、ええと……」

「井田《いだ》です。井戸の井に田んぼの田」

さきほどの僕を真似てか、男性もまた丁寧に名を告げてくれた。僕は頷き、続ける。

「井田さんはどのあたりに住んでいらっしゃったんですか？　僕はひばりヶ丘なんです。近くだったら、なんとなく嬉しいなあって思って」

僕の言葉を聞いて、男性――井田と名乗った幽霊の身体が、石を投げた水面のように揺らめく。井田は少し遠くを見るような目をして、言った。

「高円寺《こうえんじ》駅のすぐ近くです。家賃もけっこう高かったんですけどね、なんというか……駅担ぎ、みたいなのがあったんですよ。聞いたこともないような駅のまわりに住んでいたら、出世できないいんじゃないかって」

「出世、ですか」

「夢があって東京に行ったんです。役者として、舞台に立ちたかった。オーディションもたくさん受けました」

そうこぼす井田の整った横顔には、表しようのない悲しみが沁みついていた。多くを語らずとも、その夢が不成功に終わったことだけはわかる。

「それはもう、落ちて、落ちて、落ちて、落ちまくりましたよ。それでも、小さな劇団に所属して役をもらうだとか、できる仕事はあったはずなんですけれど……それもやりませんでした。余計に、低いほうへ低いほうへって、落ちていく気がしてですね」

僕は何も言わなかった。井田が話すままに、耳を傾けていた。

「……今思うと、なんでもやっておけばよかったたって感じですよね。放っておいても、落ちていくのはいっしょなのに」

井田はそう言って、相槌を打たない僕のほうに視線を向けた。青白く光る体越しに、背後の景色が透けて見える。

「あなたは、どうして僕の話を聞いてくれているんですか?」

さまよう幽霊たちに話しかけたとき、ほとんど毎回と言っていいほど聞かれる質問だ。

僕は少し間を置いて、答えた。

「幽霊と話ができる、生きた人間って、少ないじゃないですか。その辺にいる死んだ人の話を、全部聞いてあげられているわけではないのですが」

風が吹く。井田の寂しそうな瞳が、僕を捉えている。

「生きてる人に伝言なんかがあれば聞いてあげたいなって、そう思ってるんです。だから、話ができそうな幽霊さんには、ちょっと挨拶をするつもりで話しかけてるんです」

「そうなんですか。そう、なんですね」

話しながら、そして井田の相槌《あいづち》を聞きながら、僕は早くなる鼓動を必死に鎮めようとしていた。

この幽霊は――危ない。

二十四年生きてきて、おそらくは百人近くの幽霊と話してきたが、そのうちの数人はこの世を恨み、まだ生きている人間のすべてを憎んでいるかのような、「悪霊」と分類される人たちであった。

彼らに共通していることはふたつ。まず、穏やかな死に方で幽霊になったのではないこと。そして、穏やかではない人生を送ってきたこと、ただそれだけだ。

その悲しみは憎悪になり、死んだあとも彼らはなぜ、なぜ、と苦しみ続ける。

怒りが他者に向けられれば、その感情は障りとなって誰かの心身を害するし、本人にもよくない影響を与えるのだ。具体的に言えば――さらに強烈な悪霊となって、この世を離れられず、苦しみながらさまよい続けることになってしまう。

幸い、と言っていいのかどうかはわからないが、これまで僕が声をかけてきた悪霊たちは、そんな呪いを僕にぶつけることはしなかった。みんな、僕に恨み言を漏らし、ときには具体的な人物名を挙げて、殺意を表して――僕ではない誰かを、そして自分自身を、傷つけ続けていた。

僕がそんな人々の助けになれたことは、一度もない。

今目の前にいる男もまた、そんな悪霊たちと同じ目をしている。

どこも見ていない。ただ悲しみの渦巻く自分の中身を見つめていて、その言葉は僕にではなく自分自身に向けられ続けている。

井田も同じだ。そうなんですね、と言ったきり、彼は目の前の景色、いや、意味のない虚空を、ただ見つめていた。

土曜日のキャンパス、人影はまばらだ。ラクロス部の掛け声が、グラウンドのほうから聞こえてくる。

「言いたいことは、ないんですよ」

井田が口を開く。青白く光る体が、わずかに身を乗り出す。

「だいたいの人は、まだ生きている家族なんかに伝えたいことがあるんでしょうけど。僕には伝えたいことなんか、ないんです」

「でも」

前に重心をかけた井田のほうに、僕は距離を詰めようとしていた。言葉を聞いて視線を向けてきた相手へ、さらに声をかける。

「井田さんが奈良に帰って来たのは、誰か会いたい人がいるからなんじゃないでしょうか。おせっかいに聞こえるかもしれませんが——僕は——」

「代わりに最期のメッセージなりなんなりを伝えてあげようって、声をかけてくれたんですか？　あなたは……橋野さん、でしたね。そうか。そう思ったから、僕に声をかけてくれたのか——」

井田の横顔が、ふと遠いところを捉える。

薄曇りの陽の光を浴びて、その身体がまた青白く輝く。深く濃い色合いは、冷たい水の底にも似ていた。

「じゃあ、お願いします。東包永町《ひがしかねながちょう》○○番地に住む、佐久間莉子《さくまりこ》って人に、言ってください。蒼平《そうへい》は——井田蒼平は、自殺したよって」

井田がひらりと、コンクリートの手すりに飛び乗った瞬間に、僕は手を伸ばしていた。

相手が身体を持たない死者であることも忘れて、手を伸ばしていた。

「なんにもできずに、なんの結果も出せないままに、君の恋人の井田蒼平は情けなく死んだんだよって、言ってくださいー——」

重心を前にかけた井田の姿が、僕の視界から消える。

しまった、と思った。ほんの一瞬だけ、思考が飛んだ。どうしよう、と焦る心を深呼吸で鎮め、僕は手すりへと駆け寄る。落ち着け、相手は幽霊だ、飛び降りたからと言って体が損なわれるわけじゃない――と言いきかせても、なかなか胸を締め付けるような動悸はおさまらなかった。

胸の高さまである手すりから身を乗り出し、はるか下の地面を見る。生い茂った木々の葉の間から、校舎の裏の道が見える。

井田の姿は見えなかった。

ただ、そこには――ひとりの男がいた。

白と、黒だけの色彩。だぶっとした黒い上着に、真っ黒なスキニーパンツ。白いインナー。そして、この距離からでもわかる、蒼く、透明で、病的なほどに、白い肌。

男はこちらを見上げていた。

黒々とした髪が、五月の風に吹かれている。男はしばらく僕のほうを見つめていたかと思うと、急に気が変わったかのように顔を逸らして、ぶらぶらと歩き始めてしまった。

手すりから身を離し、僕は慌てて階段を駆け下りる。

外階段から出て、校舎の裏に回ろうとしたところで、さきほど見つけた男の姿を捉えた。

男はちょうど記念館の前を通り過ぎるところで、花を散らした八重桜の木の枝を見ていたのか見ていないのか、よくわからない視線をまっすぐ上のほうに向けて、歩を進めていた。

前から自転車を押した学生が歩いてきても、道の端に避けようともしない。うわの空なのか、単に人への気づかいというものがないだけなのか。

「あの、すみません」

歩く男に向かって、叫んでみる。しかし反応はない。

「すみません、あの――ちょっと、ちょっと、いいですか」

その背を叩こうとしたところで、相手が振り返る。

男は深い黒色の瞳をしていた。薄い唇を真一文字に結んで、僕を見つめている。

近くで顔を見たことで、確信した。間違いない。

「あなたは、比良坂紅苑《ひらさかこうえん》……先生、ですね」
二、三週間前に、女性の霊を追って飛び込んだ能楽堂で、僕はこの男を見ていたのだ。
黒紋付に袴姿で、舞台の上をすべるように舞っていた、「比良坂紅苑」という人物。

渡されたパンフレットでその名前と、能楽比良坂流シテ方二十四世宗家であるという経歴、そして当日の舞台となっていた比良坂能楽堂の持ち主である事情は把握していたが、舞台の上で見た比良坂と、今目の前にいる男は……同じなのに、同じではなかった。目の前の男は、確かに現代を生きる二十代後半の男性だ。だが、あの日僕が舞台で見た彼は、そうではなかった。

約束を交わした相手をひたすら待つ、遊女花子。悲しんでいるような、怒っているような、あきらめているような――複雑としかいいようのない感情を、押し込めたような表情。面《おもて》もつけていない、男自身の素の顔に、そんな花子の顔が確かに重なって見えていた。そしてその身にとりついていたはずの女性の霊の顔も、また。

比良坂の鋭い瞳に見つめられ、僕は不思議な気持ちになっていた。見れば見るほど、今目の前にいる男の存在みたいなものが、曖昧になっていく。

よくわからないし、捉えどころがない。男の顔は、人の姿形の美醜に疎い僕から見ても、息を呑むほどに美しいのに――その存在にはどこか透明で、定まらない部分がある。まるで、そう、雲か霞のような。

比良坂は僕を、まだじっと見ている。

「この前、先生の出られている舞台を見ました……班女、という舞だったと思います」

一羽のメジロが飛んできて、比良坂の立つすぐそばの木の枝にとまった。比良坂は僕の言葉に答えるでもなく、すっかりそのメジロのほうに気を取られた様子で、視線を逸らしてしまっている。通りかかった学生が、そんな比良坂に向かって会釈をしていった。

部外者はキャンパスの中に入れない。能楽師である比良坂が、なぜ大学の構内にいるのだろうか？

「先生は、どうしてここに――」

僕が言うと同時に、比良坂はすたすたと歩き始めてしまった。そんな相手の態度に少なからず戸惑って、僕は言葉を詰まらせてしまう。いけない、と思い、今度は比良坂の前へと回る。

「先生！」

すい、と、川の中の石を避ける鯉のように身をかわされて、僕はたたらを踏んだ。流れる水を掴もうとするかのような、もどかしい感覚。立ち止まろうとしない相手と並んで歩きながら、しつこく声をかけた。

「先生——先生。僕は、橋野と言います。この大学の院に通う学生で、日本の文化史を専攻しています」

相変わらず返事はない。比良坂は池のほうに視線を向け、アメンボを見つめているようであった。

「先生になら、わかってもらえると思いますが……見えるんです。僕には。幽霊が」

急に比良坂が立ち止まったので、僕も歩みを止めた。今度はまばたきもせずに見つめられて、一瞬言葉を忘れてしまう。身長は相手のほうがわずかに高い。

「さっき、先生もご覧になっていましたよね。男の人が飛び降りたところを、です」

あのとき、あの場所にいた比良坂は、飛び降りた井田の姿を確かに見ていたはずだ。比良坂自身が、「見える」側の人間であるとするならば。

「先生——」

「知らんよ」

比良坂がようやく返事をする。能楽堂で聞いたものとはまったく違う、低く残酷な響きの声だ。

「君、早めに学生課とやらに行ったほうがいいんじゃないのかね」

比良坂は顎でくい、と背後を指し、僕のほうに向きなおった。どうやら学生課がある棟を指し示したらしい。

「精神的な問題で悩みを抱えているなら、学生課に相談を、というポスターが貼ってあった。君はそこに行ったほうがいいように思えるけれどね」

「いや、僕は……」

「何も恥ずかしいことじゃないだろう。やけを起こして佐保川に飛び込む前に、カウンセラーに話を聞いてもらったらどうなんだい」

さらさらと告げられる言葉に、関西らしい訛りはなかった——いや、そこを気にしている場合ではないのであるが。

笑っていないところを見ると、比良坂は本気でそう言っているのかもしれない。皮肉を込めた口調であるような、裏表のない純粋なものの言い方であるような。不思議な印象を与える男だ。

「違うんです、違うんですよ。本当に見たんです。生きた人間じゃなくて、幽霊が、N棟から飛び降りるところを、見たんです」

「そうかい。学生課はあっちだよ」

こうして「見た」と主張しても、ほとんどの人には「そうだね、君の中ではそうなんだろうね」と、まるで哀れなものでも見るような態度を取られてきたものだ。

しかし比良坂は僕を哀れむでもなく、笑うでもなく、もう一度学生課の入る棟を顎で指し示して、足早に歩き始めただけだった。しらばくれている様子もない。この人は、本気で僕のことを「自分とは特に関係のないことを、べらべらしゃべってくる学生」だと思っているのだ、と考えたとき、自然と歩みが止まった。

「先生にとりついた幽霊が、成仏……するところを見ました」

比良坂がぴたり、と足を止め、僕のほうを振り返る。片方の眉が上がっていた。

「先生が班女を舞い終わったあと、です。僕はその幽霊を追いかけていって、先生の舞台を見たんです。何週間も、近鉄奈良の駅前で、人を探していた女の人の幽霊だったんです。僕はその女の人の幽霊と何回も話をして、事情もいろいろ聞いていたんですけど……だめでした。僕じゃ、何も力になれなかったんです」

行基上人の噴水のそばで、ずっと立ち尽くしていたひとりの女性。彼女は病気で命を落とした幽霊だった。死に瀕して、別れた夫が一目自分に会いに来てくれるのではないかと期待し、それが叶えられないままに亡くなったのだという。

僕はその霊と何度も話をし、力になれないかと申し出ていたのだが、幽霊はただうつむき、細い声で身の上の話をするだけ。別れた夫を探すも見つからず、どれほど話を聞いても彼女の悲しみが癒えることはなかった。夫はその間に、彼女の仏壇にお線香をあげにも来なかった。

ある日、何かに惹かれるようにして比良坂能楽堂に入っていった彼女を追いかけて、僕はこの比良坂紅苑の舞に出会ったのだ。

比良坂が舞台に出てきた瞬間、その身体に彼女が「おりた」のがわかった。来ないものを待つ身の悲しさを描いた、班女という曲。その哀れな運命を、比良坂が舞う。追いつめられた遊女花子の姿に、彼女の面影が重なる。

そして比良坂が夢のような、それでいて生々しいうつつのような舞を終えたところで、その身におりていた彼女の魂が、ふっと浄化されるところを、僕は目にしていたのだ。

物心ついたときから幽霊を見てきたが、霊が成仏するところを見たのは初めてだった。消えていくのに、その魂がどこか……浄土としか言いようのないところへ行くのだ、と、はっきりとわかるあの感覚。

霊をその身に「おろして」いた比良坂に、その自覚はあるのだろうか？

比良坂は僕をじっと見ていたかと思うと、突然興味をなくしたかのように、すぐそばの八重桜の枝を見上げた。今度は雀がやってきたから、そっちが気になったらしい。

「学生だと言ったね、君は」

不意にそう問われて、僕は答える。

「院生です。笠之原《かさのはら》先生の研究室で、お手伝いをしながら日本文化史の――」

「僕は学生さんにけいこをつけているんだけどね。月に一回。みんなそれは一生懸命やりますよ」

「は、はい」

学生のけいこ――そういえば、比良坂流の舞や謡のけいこをしているサークルがあると、構内の張り紙で見たことがあったっけ。なるほど、比良坂はそのサークルの学生たちを指導するために大学を訪れていたのか。いや、それにしても、だ。

「あの。それが何か」

「ほら、テニスコートの横に建物があるだろう。炊事場なんかがあって、昔は宿舎として使っていた、あのぼろいやつさ。あれが改装でしばらく使えなくなるらしくてね、学生さんたち、困ってるんだよ。畳のあるところとなると、そこか茶道部の使っている部屋くらいしかないいんだろう？　けいこのときには、服に白足袋を履いてすり足をするんだ。板間とは言わないが、広い和室なんかを用意しなければいけない。わかるね」

「わかります」

とっさに返事をしてしまった。比良坂は僕の反応に構わず、話を続ける。

「ところがさ、茶道部の使っている和室ってやつの使用許可が下りないらしいんだよ。僕らの謡が騒音になるとかなんとか言われていてね、失礼な理由じゃないか。学生さんじゃらちがあかないから、教授なんかにずばっと言ってもらいなさいって勧めておいたんだけどね。顧問の教授はまだ若いらしくて、話が通らないらしい。じゃあ僕が出るか？　いや、それだと角が立つ。だいたい大学ってもののの窮屈な決まり事なんかにいちいち口を出すのは、面倒じゃないか。そう思わないかね」

「面倒――そ、そうですよね」

相手のすらすらと出てくる言葉に、僕は完全に圧倒されていた。比良坂紅苑……いわゆる伝統芸能の宗家というものは、みんなこんなしゃべり方をするのだろうか？　上品だが、威圧感がある。こっちが口を挟むすきを与えない。

口を開きかけて、言葉に詰まってしまった。先に何か言わなければ負けてしまう予感がしていたのに、だめだった。

「だから、君が交渉してくるといいよ。うちのサークルじゃ院生での新入部員も歓迎しているからね。今年から入部した新人とでもいうことにしておいて、使用許可をもらってきてはくれないかい。私のけいこは月に一回、第三水曜日にやっているから、来月までに間に合わせてくれればいい。そういうことで。じゃあ、よろしく頼むよ」

そう言って、比良坂は手も振らずに歩き始めてしまった。

僕はその場に立ち尽くす。一方的、かつ身勝手なお願いをされたのに、あまりにも唐突なことで戸惑う暇もない。とにかく……言うとおりにする、しかないのだろうか。

比良坂は振り向かずに歩いていく。

やけに姿勢の良い後ろ姿が、五月の緑色の景色に消えていった。

猿沢の池には、「裏」の景色と「表」の景色があるような気がする。

「表」は興福寺から階段を下りてきて、この池の周囲を見るときの、あの賑やかな景観だ。人力車が走っている。三条通り方面から観光客がやってきて、まぶしいほどの陽気の中を、春日大社や東大寺方面に向かって歩いていく。

池の周りの大きなホテルは、修学旅行の学生たちを迎え入れるのに忙しい。奈良市内でもっとも美しいと言われる猿沢の池周辺は、興福寺や奈良公園、東大寺や春日大社、若草山方面に向かう人々の多くが通り過ぎる、観光の要所でもあるのだ。

「裏」は猿沢の池の南側。奈良町に向かうこの方面へ回ると、周囲の空気がふっと変わるのがわかるだろう。

狭く、まっすぐな通り沿いにはぽつりぽつりと店が出ていて、隠れ家的なイタリアンレストランなんかにひょっこりめぐり合ったりする。新しい建物ができている一方で、道祖神が大切に祀られていたりもしていて、昔からの伝統と今の暮らしがいとも普通に、平然と溶け合っているのだ。

観光地である奈良には賑やかな場所も多いが、僕は特にこの界隈の色やにおいと言うべきものを愛していた。時がたゆたっている。狭い道に肩を寄せ合う建物の中は往々にして薄暗く、静かで、ほっとするような空間になっていた。

比良坂能楽堂は、明治の中ごろこの場所に建てられたらしい。

区画の角に道祖神が祀られていて、それを避けるように家屋を建てたものだから、L字型の土地のそれぞれの端に表玄関と裏玄関が門を構える形になっている。定例会などの公演があるときは表玄関から、けいこの場合は裏玄関から入ってくださいと能楽堂のＨＰにあったので、僕は裏玄関のインターフォンを押してみることにした。

五月の連休明け。気温はぐんぐん上がり、夕方四時の今でもじんわりと汗ばむほどに、暑い。

反応がないのでもう一度押してみるが、やはり誰も答えない。よくよく見れば、格子状の引き戸の横に小さく「けいこの方はそのままお入りください」と張り紙がしてあるのだ。戸に手をかけてみると、音もなく開いた。裏玄関の電気はついていない。奥からは、女性のものらしい謡の声が聞こえてくる。

磨かれた廊下を歩き、奥へと向かう。謡が聞こえてくる襖の前で立ち止まり、ノックをしようとして、自分の無作法につい笑いが漏れた。膝をつくようにしてしゃがみ、しばらく中の様子をうかがう。謡が途切れて、「はい、よろしいでしょう」とねぎらう言葉が聞こえた。低く、上品な声だ。比良坂らしい。

「……失礼します。橋野です」

声をかけてみるが、比良坂からの返事はなかった。代わりに複数人の女性の声で、「どうぞ」と返ってくる。

襖を開け、僕は中へと入る。二間続きの和室の奥に、比良坂の姿があった。夏の着物に袴姿で、畳の上に直接座り、軽く腕を組んでいる。正面ではひとりの女性が謡の詞章の書かれた和本を広げていた。

「上手に歌いはりましたね」

比良坂が言う。ちょっと作り物っぽいというか、かわいらしい感じの関西弁だ。

「サシからクセにかけてのテンポはいいですよ。あとはクセ、清経《きよつね》いうんはけっこう気持ちの入りやすい謡ですからね。メロドラマみたいにならんように。あくまでも言葉の美しさを意識して、語りを聞かせるような調子で──」

能楽特有の用語なのか、聞きなれない言葉が続いて、僕は少し背筋を伸ばす。急に来てもよかったのかな、場違いかな、とも思うが、受け入れられていないわけではなさそうだ。比良坂の正面にいる女性は「はい」と素直に頷いているが、周りで見ている数人のお弟子さんたち──みんな、僕や比良坂の親の世代くらいの女性たちだ──は、なぜかけいこをつける比良坂のことを、にこにこと眺めている。僕のすぐ隣に座る、ふっくらとした頬の女性が、そのまた隣に座る小柄な女性に耳打ちしていた。

「紅《こう》ちゃん先生も丸うなりましたね。奈良でけいこ場開いたときはね、まだ耳に穴が開いてたんやからね」

「若かったんですよ、そんだけ。今でも私らから言うたらぴよぴよのひよこちゃんですけれど」

紅ちゃん先生とは、比良坂のことか。「耳に穴」はピアスのことを指しているのだろう。そういえば比良坂はまだ二十代後半に見えるが、比良坂流の宗家を襲名しているからには、先代にあたる師を亡くしているということなのだろうか？　あの日比良坂能楽堂で渡されたパンフレットに書かれている情報以上のものを、僕は知らない。

「あなたは学生さん？」

小柄な女性から問いかけられて、僕は一瞬言葉を詰まらせる。こっちを見た比良坂と目が合った。すぐに答える。

「はい。博士課程の一年目なのですが、大和女子大で日本文化史を専攻しています」

「あら、大和女子大？」

「院だと男の子も入れるんよねえ。うちも甥っ子が大和女子大の院に行こうかって言うてたわ」

「そうなんですか。ぜひ来てほしいです。僕も、後輩に男の子がいたらいいな、友達になれるかなって、思うこともあるので」

弾む声で答えた僕に、ふっくらとした頬の女性も笑顔を見せてくれた。あの、と渡し忘れていた手土産を、僕は差し出す。

「やっぱり大和女子大の学生さんはかわいらしいねえ」

喜んでもらえたらしい。旧師範学校でもある大和女子大の学部生や院生は、界隈の住民にずいぶんと可愛がられている。大人しくて賢い学生さん、という印象があるのだろう。

「ごゆっくり。お茶、お代わりして。鈴野さんが寛永堂のお菓子を持ってきてくれたから、それも召し上がってね」

ふっくらとした頬の女性がそう言って立ち上がると、小柄な女性もごゆっくり、と笑って席を立つ。ふたりは「じゃあせんせ、また来月」と膝をついて頭を下げ、部屋を出て行ってしまった。

比良坂はそれを笑顔で見送っている。キャンパスで出会ったときと比べると、ずいぶんと人懐っこい印象だ。

「では、今日はこれくらいでおしまいにしましょうか。大会までは清経をけいこしますから、しっかり頑張っていきましょうね」

目の前に座る女性に、比良坂が言う。女性は僕と同じくらいか、少し若いくらいの年代だ。丁寧に頭を下げ、ありがとうございました、と礼を言う声は、消え入りそうに小さかった。

女性は襖を開ける前にもう一度座って礼をし、部屋を出て行ってしまった。闖入者である僕のことは特に気にする様子もない。

比良坂とふたりで取り残されて、僕は落ち着きなくあたりを見回す。

人の少なくなった部屋は、やけに静かだった。時計の秒針が抜いてあるらしい。畳や板間には過ぎた年月が感じられるものの、塵ひとつ落ちてはいなかった。

比良坂は傍らに置いてある盆から茶を取り、ひと口すする。茶菓子の包みをめくりながら、ちょっと嬉しそうな顔をした。

「おっ、寛永堂の三笠じゃありませんか」

比良坂が独り言のように、そう漏らす。ちなみに奈良ではどら焼きのことを「三笠」と呼ぶそうだ。居住まいを正して、僕は語りかける。

「先生、お弟子さんがたくさんいるんですね」

比良坂がちらりと視線を寄こす。くつろいでいる様子だが、背筋は伸びたまま、足は崩していない。

「このあたりじゃ、昔っから謡や舞のけいこをしてる人も多くいはるからね。でも、なかなか新規のお弟子さんを増やすのは、簡単なことではないですよ。能楽ファンもどんどん高齢化が進んでますからねえ」

関西訛りがあるような、標準語のような、不思議なしゃべり方だ。キャンパス内で僕と話しているときは標準語であったことを考えると、お弟子さんの前ではあえて関西訛りで喋ろうとしているのかもしれない。

比良坂は菓子を頬張ったまま、僕のほうをちらりと見た。一抱えほどの直方体の木のかたまりと、革を張った二本の扇のような道具――けいこに使うものらしい――を片付けながら、また語り掛けてくる。

「で、大和女子大の院生さんは、うちに何の用ですか。謡のけいこなら、学生さんは第二第四の火曜日の二回。舞もやりたいなら第三水曜日にここでけいこがあります。白足袋と扇、あとは謡のけいこに謡本が要りますからね。こういう和本なんですけど、比良坂流のはおおきい本屋さんに行ったら一番本が置いてありますから」

あれよあれよという間に、話が進んでいる気がする。僕は身を乗り出して、答えた。

「先生、覚えていらっしゃらないですか？　三日くらい前なんですけど、僕、大和女子大で先生にお会いしました」

「大和女子大の院生さんなら、サークルに入りはったらとも思いますけどね。大和女子大の比良坂会はもう六十年続いてるんですけど、このところは部員も少ないもんですから。

途中入部もありがたがってますよ、学生さんはね」

「そのサークルのことです。先生にお願いされた部室、押さえられましたよ」

比良坂が口のもぐもぐをやめて、僕を見る。とぼけたふりをして、やはり約束のことは覚えていたらしい。

「僕のお世話になっている教授が、四年前まで能楽サークルの顧問をやってらっしゃったそうなんです。十年くらい前までは茶室も練習場所として使っていたから、話を通してあげるよ、ってことで。許可を取っていただきました。もちろん、今の顧問の先生にもお話はしてあります」

お茶を飲み干し、比良坂は長く息を吐いた。二個目の三笠を開けながら、続ける。

「なかなかに優秀やな、君は」

「僕は何もしてないですよ」

僕は教授に相談を持ち掛けただけで、本当に何もしていない。が、比良坂の耳にはどう聞こえたのだろうか。

「そのぶんだったら、ビデオと一眼も調達できそうだな。十一月に学生さんの大きな発表会があるんだがね、昔から部の備品として使っていたやつがもうだめらしいんだよ。レンタルでもいい。練習中にも使いたいと言っているから、早めに用意ができればいいんだが」

「……僕個人のでよければ、一眼はありますよ。ビデオカメラも父親のおさがりになっちゃいますが、いいやつがあるので、実家から送ってもらいます」

すぐに答えた僕に、比良坂が視線を寄こす。少し笑っているように見えた。

「人が良すぎるぞ、君は」

関西訛りの消えた口調で、比良坂が言う。リラックスするほど、標準語に近いしゃべりになるらしい。

「他人の願いをそうぽんぽん聞いてると、疲れやしないかね」

「お願い、というほどでは――」

答えようとして、僕は口をつぐむ。


昴。君は損な生き方をしていると、そう思わないか。


すべての人を助けることはできないよ。

手を差し伸べても、君が悪人になることだってある。

見て見ぬふりをするのも、君を守るためには必要なんだ。

親切にすれば、依存される。それでもいいのかい。

見捨てておきなさい。

見なければいないのと同じだ。

それが、楽に生きるこつ。

自分を守ることでもあるんだから、ね。


浮かんでくる言葉の数々。すべて――同じ人に言われたものだ。唯一、悩みを打ち明けられた、信頼する人に言われた言葉だ。いい人になるな。君が消耗するだけだと、その人は繰り返しそう言っていたっけ。

よみがえりそうになった過去を呑み込み、僕は不器用な笑みを浮かべる。比良坂はふっと顔を逸らして、どこともつかない場所を見つめ始めた。美しい横顔の線が、背景を鋭く切り取っている。

「どうせ、あのとき――大学で私と会ったときも幽霊を追っかけてたんだろう。助けになりますよ、お話を聞かせてください、なんてな」

「どうしてわかるんですか」

「おせっかいなやつは、みんな同じ目をして、同じような言葉で語りかけてくる。わかるとも」

大学の構内で出会った幽霊の、青白く光る体。飛び降りる直前の彼の目を思い出しながら、僕は答える。

「……若い男性の幽霊でした。奈良に大事な人を残してきたので、自分が死んだことを伝えてほしいと。自殺だったそうです」

身を投げた男性は、比良坂の目の前に落ちたはずだ。

「やっぱり先生も、あの人のことが見えてらっしゃったんですね」

比良坂はまた茶を飲み、今度は身体ごと僕に向きなおる。舞台で見たときと同じ、黒々とした瞳に見据えられて、僕は息を詰まらせた。

「君は、能楽というものが、いかなる芸術であるかを答えられるかね」

静かにそう問われて、僕はまた居住まいを正した。さて、ここで求められている答えとは何か。少しだけ考えて、返す。

「中国の民間芸能であった『散楽』が日本古来の芸能と混ざり合って『猿楽』と呼ばれるようになり、室町時代には観阿弥《かんあみ》と世阿弥《ぜあみ》親子によって歌舞劇として大成された――発祥から現代にいたるまで演じ続けられているという意味においての、世界最古の舞台芸術である、という感じでしょうか」

「なるほど。学校のお勉強なら、七十点といったところか」

比良坂はさらりと答える。それから片方の眉を上げ、畳みかけるように返してきた。

「だが大人の会話としては零点だね。君、成績はいいが友達は少ないほうだろう」

「おっしゃるとおりです」

やはりこれは比良坂の求めている答えではなかったらしい。彼の言いたいことも、少しはわかる。大学で日本の文化史を――特に、幽霊にまつわるものを研究し続けていても、僕はさっぱり幽霊というものの本質になど近づけてはいないのだから。

「今度宴会の席なんかで『能楽』について説明しろ、と言われたら、かっこうをつけてこう言えばいい」

そう言って、比良坂は脇に置いていた扇を手に取った。要《かなめ》に親指を当てて握り、先を僕のほうに向けて、何かを指すような仕草をする。背筋の伸びた、まっすぐな姿勢だ。

「能楽は、『橋』なのです。この世とあの世を繋ぐ橋……」

——橋。

ふらりと入った能楽堂で見た光景を、僕は思い出す。白木の舞台からは、まさに橋とでも呼ぶべき「通路」が伸びていたではないか。

「君の言うとおり、能楽は舞台芸術であり、歌舞劇だ。人情ものというか、生きている人間を主役にしたお話も、もちろん存在している。君が見た班女なんかもそうだよ。待つ身の苦しさを嘆く遊女と、彼女を探す男の恋愛ドラマと言うべき話だ——だがね」

班女。比良坂は、僕が班女の舞を見た、と話したこともちゃんと覚えていたらしい。

「そんな現代劇と言うべきものにすら、異界が入り込んでいる。見ただろう？　扇を持って舞う班女……花子は、目の前の景色や人なんか見てはいない。来ると約束した男の姿しか、彼女の目には映っていないんだ。そしてその役を舞う我々は、彼女とははるかに隔てられた時空を生きている。劇の中の花子は生きていても、幽霊なんだよ。面をかけて演じるべき、幽霊なんだ——そうは思わないかね」

「……『近代能楽集』を読んだときも、そんな感じがしました」

三島由紀夫《みしまゆきお》が謡曲――能楽のシナリオを現代劇にアレンジした『近代能楽集』は、僕も読んだことがあった。その中に班女というタイトルがあったっけ。来ない人を待ち続け、再会してもなお空想の苦しみの中に生きる女性の劇であったと、記憶している。

「模範解答」

比良坂は扇を袴の紐に挟むようにしてしまい、ふっと息を吐く。リラックスしている様子だが、正座は崩さない。

「だが面白くはないね。実際のところ、君はどう感じたんだ？　私の舞を見て、班女を見て、どんなことを感じたんだ？」

「僕、は――」

あの日、比良坂家の能楽堂に迷い込んだ、ひとりの女性。

その幽霊とひとつになったかのような、比良坂の舞姿。浄化される幽霊。

「……不思議でした。曲の内容は、きっと悲しいもののはずなのに、なんで救われたような感じがするんだろうって」

「ふむ？」

「お話ししたように、ずっと助けられなかった女性の幽霊が、先生といっしょになって舞うことで、なんというか、救われた感じがしたんです。すっとこの世から消えるっていうか。ああいうのが、成仏っていうんでしょうか」

「仏に成る、ってのが救いであればの話だな」

比良坂が笑いながら言う。皮肉を込めた口調だ。

「……じゃあ、解放される、って言ったほうがいいかもしれません。苦しんでたことから逃れられて、行くべきところに——行けるというか、そんな感じです」

比良坂はふと視線を逸らし、曇りガラスの向こうの景色を見つめ始めた。どうやら雀が飛んできたらしい。

「霊媒師さんやイタコさんのお世話になったことはないんですけれど」

僕は続けた。背中に、薄く汗をかいていた。

「先生はそういう人たちに似たことをされていると思いました。幽霊をおろす、って言うんでしょうか。だから——見えてるんじゃないかって。先生にも、幽霊が、です」

物心ついたときから、僕には幽霊が見えていた。

だからこそ、この問いかけが危険なものであることは、身に染みてわかっている。

思い込み。脳の病気。幻覚。愛情不足。

いろいろなことを言われてきた。その幽霊と会話をして、生きた人間同様にコミュニケーションを取っていても、その存在を生きた人間に伝えることはできなかった。その人しか知り得ない情報を伝えても、不気味がられるだけ。

幽霊たちの言葉を、無念を、たくさんの思いを伝えるすべを——彼らを救う手段を持たないままに、僕はここまで生きてきたのだ。

比良坂はまだ目を逸らしている。しかし意識がこちらに向いていることは、なんとなくわかった。

「……はっきりと見える、なんてことはないね」

思いがけず返ってきた答えに、僕は身を乗り出す。つい食い気味に答えてしまっていた。

「はっきりと、じゃなければ、見えるんですか」

「いいや見えない。そこにいるとわかるだけだ。目の前にどさりと人が落ちてきたときなんかは、さすがになんだ、なんだとくらい思うさ」

井田のことを言っているのだろう。やはり比良坂は気づいていたのだ。

「姿は見えないけど、存在は感じられる、ということですね。すごい。それってもう見えてるのと同じじゃないですか」

「同じじゃないだろう。君はSNSの中だけで交流している人間が生身の人間だと思うタイプなのか？」

SNSで交流している人間は生身だし、人間だ。むしろ生身扱いしなければ困る。そのたとえは違うんじゃないでしょうかと言いかけてやめ、僕はとりあえず頷いた。何に対しての肯定なのか、自分でもよくわからない。

「――先生は幽霊の存在に気づいている。見えなくても、その人たちがそばにいることはわかる、ってことですよね」

「ああ。それくらいでなければ、こんな難儀な商売はできないさ」

口調は軽いが、比良坂の目は笑っていなかった。異界を繋ぐ芸術。さきほどの言葉を思い出しながら、僕は続ける。

「すごいこと、だと思います」

風の音かと思えば、どうやら雨が降ってきたらしい。窓の外にとまった雀が羽を震わせている。比良坂はまた僕から視線を逸らし、その小さな鳥の動きを見つめているのだ。

「幽霊をそうやって……自分の身体におろして、とでも言えばいいんでしょうか。そうして救うことができるなんて、考えたこともありませんでした」

幽霊の悩みや苦悩は、僕たち生きている人間のものとそう変わらない。やってしまったことを後悔していたり、逆にやらなかったことを後悔していたり。

生と死によってこの世のものと隔てられてしまった彼らを救うすべは何だろうと、僕はずっと考えてきた。比良坂にとりついた霊が「浄化」されたあの瞬間が、まざまざとよみがえってくる。

彼ならばわかるかもしれない。長年僕が抱えてきたものに対する、答えが。

「舞っているときの先生に憑依した幽霊が成仏した理由を、僕は知りたいんです。そうすれば――そうすれば、他の人たちだって何とかできると、思うんです」

救う、という言葉を使うことができず、僕は口をつぐむ。

窓の外が、不意に暗くなった気がした。

「げにや憂しと見し世も夢……つらしと思うも幻の――」

謡うような調子の声を聞いて、僕はどきりとする。一瞬、時が止まったような心地がした。能楽堂で初めて比良坂の謡を聞いたときと、同じだ。空気が変わる。周りのあらゆるものが、静止したような感覚に襲われる。

「『清経』の一節だよ。この世の悩みも苦しみも、結局のところは幻ということだ」

静寂を打ち消すような雨の音が、急に響き始めた。稲光が、ぴかり、と閃く。

「帰るのなら、裏玄関にある傘を持って行きなさい」

比良坂はそう言って、横に向きなおった。誰も座っていない正面の空間を見つめたまま、静かな声で語り掛けてくる。

「生ぬるい雨は、かえって体にこたえるからな」

沈黙。横を向いたままの比良坂は、それ以上何も言おうとしなかった。

足を崩さず、背筋を伸ばし、なにやら考え事をしている様子である。いや、考え事と言うより、何か心の奥にあるものを見つめている、とでも言えばいいのだろうか。僕のことはもう、いっさい目にも耳にも入っていない様子である。

これ以上は近寄れない。ふとそう確信して、僕は手をつき、頭を下げる。

「ありがとうございました」

やはり反応はなかった。顔を上げ、僕は続ける。

「また、ここにお伺いしてもいいですか」

比良坂は目線を寄こそうとしない。押し黙ったままの相手にお辞儀をして、僕は立ち上がる。音もなく歩いて襖を開け、薄暗い廊下へ出て行った。

裏玄関で靴を履きながら、背後を振り返る。物音ひとつしない、薄暗い空間に「帰りなさい」と言われている気がして、身震いする。

言われたとおりに傘を借りることにした。ふと目線をやった靴箱の上に張られたポスターには、「比良坂能楽堂　五月定期能　清経」の文字があった。

シテ——能楽において、主演となる演者のことを指す用語らしい——は比良坂紅苑。

公演の日は、二週間後の日曜日だ。

幽霊は日常の、あらゆる場所に潜んでいる。

いや、潜んでいる、という言葉は正しくないかもしれない。彼らは生きているときと同じように、そこに「いる」のだ。ただぼうっとしている人もいるし、誰かを探しているらしい人もいる。釣りをしている人や、読書をしている人に出会ったこともあった。

しかし彼らは生者とは違う。明らかに異なっている。

彼らが何をしようと、何を言おうと、叫ぼうと、生者は反応しない。彼らの声は生者には聞こえず、その姿は生者の目には入っていないのだから。

幼い頃は生者と死者の違いがわからなかった僕も、十歳になる頃には理解し始めていた。この世にはほとんどの人が見ることができないものがあって、自分はそれを見ることができる側の人間であるということ。

そういうものが見える、と主張すれば、お前は病気だと言われること。

生きている人に言葉が届かない、と嘆いているものたちの話を聞いても、彼らの助けになるのは本当に難しい、ということに。

ほとんどの人には幽霊が見えない。だから彼らは幽霊というものがいるとは思っていない。思っていないから、死者から話を聞いた僕のことを警戒し、遠ざける。

たったそれだけのことだ。だがこの単純なサイクルが、死者と生者を繋げることを決定的に難しくしている。

だからこそ、慎重にならなければいけないんだ。死者の言葉を誰かに伝えるときには、考え抜いて行動しなければいけない。

一条通りを東に歩きながら、僕はそんな「さりげなく、そこにいる死者たち」を見るともなく見ていた。

出会う死者のほとんどは自然死（という言葉が適切かどうかはわからないのだが）した人たちで、みんななんとなく生きていたときに住んでいた場所に留まって、何らかの節目に自分が死んだことに気づいて、どこかへ行ってしまう――らしい。長年観察してきた限りでは、どうもそうなっているようだ。強烈な念というのか、未練を残して死んだ霊というものは、日常でそうそうお目にかかれるものではなかった。

そしてそういった強い想いを抱えている幽霊は、他とは違う光を放っている。人をふたり殺してしまった幽霊は、血のように紅い光をまとっていた。残してきた子供を心配していた親の霊は、白い光を放ちながら涙を流していた。

あのときキャンパスで出会った井田と同じように、蒼い光を放つ幽霊にも一度だけ出会ったことがある。その人はどうしようもない理由を抱えて、川に身を投げて死んでしまった幽霊だった。自殺者がまとう、蒼く冷たい光。その輝きを思い出して、僕は身を震わせる。

とにかく、井田の最期に思いを馳せるのはあとだ。今は目的の家を探さなければ。

歩く道の先に、車通りの多い道路と、東大寺転害門が見えてくる。井田に伝えられた住所は、このあたりのはずだ。

井田は「佐久間莉子」という人物に、自分が死んだことを伝えてほしいと言っていた。表札が出ていることを祈りながら、僕はその家を探す。佐久間。佐久間。あった。小さな門に守られた、感じのいい一戸建てだ。

本人や家族が出てきたときにどう言うか、一応はシミュレーションしてきている。呼び鈴を鳴らし、僕は相手の応対を待った。

「はい」

聞こえてきた声は、女性のものだ。僕はすぐに答える。

「突然お尋ねして、申し訳ございません。私は橋野昴と申します」

インターフォンの向こうで、相手が警戒する気配があった。誰だと聞かれる前に、僕は続ける。

「井田蒼平さんの友人です。蒼平さんから、莉子さんへの御伝言を預かっておりまして

——直接伺いました。突然のことですから、警戒されるのもごもっともだと思います」

相手は何も言わない。やはり、これでは玄関を開ける気にならないだろう。

「短い言葉ですので、このままでもけっこうです。井田さんは……蒼平さんは……」

言い切ってしまったほうが信じてもらえるだろう、と、そう考えていたのに、いざとなると言葉が続かなかった。残酷なことをしている気がして、僕は固く目をつむる。息を吐いて、また口を開こうとした、そのときだった。

「待って」

さきほどの女性の声だ。間髪を容れずに言葉が続く。

「今、出ます。そこにいてください」

少しの間を置いて、錠を外す音が聞こえる。ドアが細く開き、女性が顔を覗かせたところで、僕はつい声を上げてしまった。

「あ——」

女性もこちらの顔を覚えていたらしい。少し目を見開いて、会釈をしてくれる。

「比良坂先生のけいこ場で、お会いしましたよね」

僕はそう語りかける。間違いない、比良坂能楽堂で「清経」という曲をけいこしていた女性ではないか。

女性は玄関のチェーンを外し、外へと一歩出てくる。肩まで伸びた黒髪が、さらりと揺れていた。

「……佐久間莉子、です。橋野さんも、比良坂先生に習ってらっしゃるんですか」

比良坂に能楽のけいこを受けているか、との質問らしいが、どう答えたものか。とりあえず検討中だということにしておこう。

「この前は見学に行ったんです。僕、大和女子大で日本の文化史を勉強しているので、能楽のこともちょっと知っておきたいと思って」

「私、大和女子大の三回生なんです。能楽サークルに入ってるので、たまに比良坂先生のところにもおけいこに行くんですけど――」

佐久間はそう言って、ふっと笑った。

「そういえば、橋野さん、どこかで見たことあるって思ったら、院生の人、ですよね。男の人を大学構内で見かけることってあんまりないんで、印象に残っています」

大学の中で顔がそこそこ知られているのかと思うと、嬉しいやら恥ずかしいやらだ。とにかく、怪しい人物でないことはわかってもらえたらしい。

「僕も、佐久間さんが大和女子大の学生さんだとは知りませんでした。井田さん……蒼平さんとは、そういう話もしなかったので」

井田蒼平とは、「東京にいるときに、アルバイト先で知り合った友人同士」であることにしている。便宜上仕方がないとはいえ、嘘をつくのはあまり気分のいいものではない。

「佐久間さんのことも、奈良につきあっている人がいる、ということしか聞いていなかったんです」

佐久間は少し視線を外し、口元を歪めた。かすかな声で言う。

「高校のときの、彼氏なんです。私は大和女子大に行くって、わりと早い段階で決めてたんですけど、蒼平は――井田は、どうしてもやりたいことがあるって、上京しちゃって。そのときに、自分が成功するかどうかもわからないから、別れたほうがいい。待っててくれ、なんて無責任なことは言えないからって、言われたんです」

役者になりたかったのだという、井田の言葉を思い出す。井田は佐久間のことを「恋人だ」とはっきり言っていたはずだ。

「それって、結局のところ私とは別れたいってことですよね。私、すごく腹が立って。じゃあもういい、もう二度と連絡もしなくていいって、そう言ってしまったんです」

僕は頷く。まだ高校生であった佐久間と井田にとって、それは簡単に割り切れるものでも、結論が出せる話題でもなかったのだろう。

「ほんとは、待ってるよ、とか、私もいっしょに行って、協力するよ、とか、言えばよかったんですけど――言ってあげられなかったんです。めちゃくちゃ泣いちゃって。その『やりたいこと』って、私との関係を全部捨ててまでやりたいことなのか、って聞いちゃって。そうだよ、って言われて、それ以上は何も言えませんでした。人生じゃなくて、命まで懸けたいんだって言われて、じゃあもういい、もういいよって、それしか言えなくて――」

命を懸けてまで。その言葉に、僕は激しい胸の痛みを覚える。

「井田は私だけじゃなくって、他の同級生とも連絡を取ってなかったみたいなんです」

佐久間は上目がちに僕を見た。寂しそうな印象の目元だが、奥には強い光が宿っている。

「井田のお父さんやお母さんとも、それ以来お会いしていないんです。だから、だから――井田が今どうしてるか、なんて、私、知らなくて」

「井田さんは……」

喉の奥の苦いものを呑み込んで、僕は相手の目を見据える。ひるむんじゃない。頼まれたじゃないか。

「お亡くなりになったんです。自殺だろうと言われていて……」

佐久間は表情を変えなかった。初めの僕の様子から、ある程度は察していたのかもしれない。

「遺書があって、僕の携帯電話の番号と、伝言が書かれていたそうなんです。奈良に住む佐久間莉子という人に、自分が死んだと伝えてほしいって。井田さんがなぜ僕に、そういった伝言を頼んだのかはわからないんですけど」

佐久間は目を伏せた。呼吸がわずかに荒くなっていた。

「おそらく――僕がちょうどいい他人だったから、だと思うんです。警察や身内の方から佐久間さんに直接話が行くよりは、って、そう……わからないんですけど……」

本当に、わからない。井田はなぜ、佐久間莉子に自分の死を伝えるような遺書を残さなかったのか。

もしかしたら、衝動的な自殺であったのかもしれない。突発的な死を迎えてから、好きだった相手に自分の死を伝えたいと思ったのか。いずれにせよ、佐久間にとっては残酷なことでしかないのだが。

井田蒼平は死んだ。夢を叶えられずに、絶望して、自らその命を絶った。

「命より大事なことって……」

佐久間がそう漏らす。長い間を置いて、かすれた声が響いた。

「なんなん、でしょうね。命を懸けられるくらいなら、なんでもできるやんって、そう、思うじゃないですか」

涙は流していなくても、相手が泣いていることは伝わってきた。僕は何も言わず、頷くことしかできなかった。

「だったら奈良に帰ってくればいいやんって、そう思っちゃいますよ。なんでって。死ぬくらいだったらって……」

そう言って、佐久間は唇をきつく噛んだ。目を閉じ、拳を握りしめて、うつむきかげんに身体を震わせる。

人の目の前では、涙を流したくないのかもしれない。僕と同じだ。

「そう思うのも、私の勝手なんですけど」

佐久間が顔を上げ、僕も相手の目を再び見据える。にこりとして、佐久間は少し明るい声で続けた。

「とりあえず、教えてもらえてよかったとは思っています。橋野さんには嫌な役をさせてしまって、本当にごめんなさいなんですけど」

「いえ、僕は――」

死んだ井田にたまたま会って、頼まれただけだ。そう言おうとして口をつぐむ。佐久間は僕に深々と頭を下げて、続けた。

「ありがとうございました。とにかく井田がどうなったか知ることができて、よかったと思っています」

「はい……」

よかった、のか？

本当に？

僕はただ、井田に頼まれたことを伝えただけだ。しかし、これでは――。

佐久間も井田も、救われる気がしない。

「では――あ、また、けいこ場でお会いすることもあるかもしれませんね」

玄関のほうに身を引きながら、佐久間が言う。僕はすぐに返した。

「そうか。佐久間さん、比良坂先生のお弟子さんですもんね」

「はい。大学のサークルでもおけいこをつけてもらってるんですけど、関西の学生が参加する大会が近くて。清経のクセ……曲の中で主要な表現の部分のことをそう呼ぶんですけど、その仕舞《しまい》を舞う予定なので、全体の謡のほうも、比良坂先生にけいこをしてもらって

――」

佐久間の表情が、ふっと曇る。

清経。佐久間がけいこしているという一曲。比良坂紅苑が近く演じるはずの能。自殺した井田と、その死を僕の口から知らされた、佐久間。

「……なんか、ちょっと、一周回って笑っちゃいますよね」

表情を変えることなく、佐久間が言う。青黒く、悲しい色に揺らいだ瞳に、僕は何も言うことができなかった。

「清経の奥さんと、私、まったく同じ状況なんですもん」

2

奈良市内では昼過ぎから、弱い雨となるでしょう。

朝のニュースの天気予報は、正確に当たったたらしい。頬をぽつぽつと濡らす雨に、傘を差そうか差すまいかと迷いながら、僕は猿沢の池の外周を歩く。奈良の春の雨は草木のにおいが濃い。鹿たちは雨宿りをしに、木陰へ逃れただろうか。

足は自然と比良坂能楽堂のほうへ向いていたが、特にどこを目指しているわけでもなかった。考え事をするときは、つい足の動くほうに動くほうにと歩を進めてしまう。

佐久間と話をしてから、三日が経っている。キャンパス内で僕に伝言を託した、井田の表情。その死を伝えられた佐久間の顔。力及ばず死を選んだものと、その死を知らされるものの無力。

これで、いいのだろうか？

自分の死を伝えてくれという頼み事はやり切ったのだから、今回はまだうまくいったといってもいいほうだろう。なのに、胸によどむ澱《おり》のようなものがずっと消え去らない。

井田の死を知らされて、佐久間はショックを受けていたようだった。無理もない。これから彼女はどうするだろうか？　井田の仏壇に、線香をあげたいと思うだろうか。それとも忘れてしまいたいと思うだろうか。

井田はどうしてほしかったのか？　佐久間にただ自分の状況を伝えたかっただけなのかもしれないが、佐久間が傷つくことはわかっていたのだろうか。

わからないし、わかってあげられない。自ら死を選ぶものの気持ちは、特に理解してあげられない。以前に出会った、海に身投げをした幽霊もそうだった。確か、家族との折り合いが悪く、心を病んでしまった男性であったと記憶しているが――彼もまた、深い悲しみを表すかのような、蒼い光を放っていたのではなかったか。

道ですれ違う幽霊たちの顔をそっと見ながら、僕は息を吐く。他の幽霊はあんなにも深く、苦しそうな光を放ってはいない。井田はきっと、絶望のうちに自ら死ぬことを選んだのだろう。そのことを考えると、なんとも言えない気持ちになった。

その人が死んだことじゃなくて、死ぬほどに苦しんだことがつらいんだ。

他人の僕でさえそう思うのだから、佐久間はなおのこといたたまれない思いをしているだろう。僕のやったことは正しかったのか？

わからない。

気づけば、雨足がやや強くなっていた。肩に貼りつく服に身震いしてから、そういえば今日は傘を持って出なかったと思い出す。持ってもいない傘を差そうとしていたのか。自分の行動に思わず笑いが漏れて、僕は周囲を見回した。

元興寺のほうまで歩いてきてしまったようだ。ふと目を上げると、あたたかなオレンジ色の光が目に飛び込んでくる。

『喫茶　螺髪』

大仏さんを意識したネーミングらしいが、ちょっと珍しい店名ではないか。手作りらしい木の看板が、風に揺れている。財布を持っていることを確かめ、僕は重いドアを押し開けた。

「いらっしゃいませ」

カウンター席が六席に、四人掛けのテーブル席がふたつ。店主は癖のある髪をした、三十代後半と思われる男性だ。炎の揺れるランプに、振り子の壁掛け時計。香ばしいコーヒーのにおい。やった、いい店を見つけた、というわくわくは、カウンターに座っていた人物の存在でかき消されてしまった。

「――比良坂先生」

る。

「なんで君がここにいるんだね」

先に言われてしまった。比良坂の座るカウンター席の隣に腰をおろしながら、僕は答える。

「散歩をしてて、ふらっと入っただけです」

「私は週七で来ている。もう五年だ。水曜と金曜の昼にはここのナポリタンを食べなければ生きていけない。コーヒーには必ず三笠をセットにつけるようにしている。つまり店への貢献度が君とは段違いと言うことだ。そうだろう」

「いや、先生のお気に入りのお店を取るつもりはないですよ」

このお店は私のだから、君はもう来るんじゃないぞ、と言われるとでも思ったのだろうか。なんだか、子供みたいな考え方だ。

「……先生、どら焼き、いや、三笠がお好きなんですね」

なるほど、本人の言うとおり、マイセンのコーヒーカップの横には小皿に載った三笠が鎮座している。見たことのない和菓子屋のものだが、これも近所の名店のものだったりするのだろうか。いい感じの組み合わせだなあ、と眺めている僕に、比良坂がさらりとした口調で語りかけてきた。

「男性なのに甘いものが好きだなんて珍しいですね、とでも言いたいのかい。そうだとしたら、君はずいぶんと保守的な人間なんだな。保守、という言葉はいけないか。守るべきものではないものを守っているなんて、保守派とは言えないからね」

「いや、そんなことはぜんぜん言ってないです——」

「ねえねえ、先回りしてそんな嫌味なことを言っちゃだめだよ、比良坂先生。この子も天気の話をするくらいの気持ちで三笠が好きなんですねって言っただけだし。事実三笠が好きなんだよね。おいしいよねえ、つぶのやつでも、うぐいすのやつでも。白あんが一番なんだっけ」

　ね、と店主に笑いかけられて、比良坂はこくりと頷いた。なんだかちょっと、面白い。僕と話しているときは尊大な感じがするのに、けいこ場のお弟子さんやこの店主の前では、比良坂が小さな子供に見えてくる。

「あ、僕は八幡《やわた》と言います。よろしくね。何にされますか？」

　そう聞いてくれた店主にオリジナルブレンドを頼み、差し出されたおしぼりで手を拭く。

比良坂は三笠を食べていた。

「……よく降りますよね。雨」

　店内の窓は小さく、外の音はほとんど聞こえない。このところ梅雨が長くなっている気がするのは、気のせいだろうか。

　ふと視線を上げた先に、劇団の公演ポスターらしいものや、学生オーケストラのコンサートのチラシが貼られているのが目に入って、僕はまばたきをした。比良坂能楽堂で見た、あのポスターもある。清経　シテ　比良坂紅苑。

　入水した平家の貴公子の、美しき嘆き——。

「……先生、この公演のチケットって、どこで」

言い終わる前に、桃色の紙が一枚、差し出されていた。比良坂の指がその端を押さえている。半券が切れるつくりのチケットで、ちょっと手作り感があるものだ。

「え、くださる、んですか」

「あ、ごめん。それ、うちが置いて販売してる分のチケットなんだよ。よかったらあげる。代金は僕のほうから出しておくから」

コーヒーを注ぎ終わった店主にそう言われ、僕は慌てて返した。

「いえ、お支払いします」

「いいよ、今回だけ。能楽ファンが増えることはいいことだし――ねえ、先生」

「学生さんは社会人になっても、なかなかお客にはならんよ」

比良坂はそう言って、コーヒーに口をつけた。

「学生のときは熱心にけいこをしても、就職なんかしたらみんな忙しいと言って、けいこにも能楽堂にも来なくなる。期待して待って寂しい思いをするのは、いつも私たちのほうだ」

最近では新しいお弟子さんを見つけるのも、難しくなっている。比良坂の言葉を思い出して、僕は膝に置いた手を組んだ。

能楽や歌舞伎、文楽。伝統芸能の顧客の高齢化が進んでいるとは聞いていたが、担い手である比良坂たちはどんな景色を見ているのだろう。

「……先生のお弟子さんたちも、見に来られるんですよね。この舞台、と言えばいいんでしょうか」

「清経か？」

僕は頷く。比良坂はぷいと顔を逸らして答えた。

「そりゃあ見に来るでしょうよ。師匠がシテを務める舞台を見に来ない弟子がおりますか」

「佐久間さんもいらっしゃいますよね」

比良坂がこっちを見た。ほう？　という顔をしている。

「佐久間はうちの学生サークルの部長だがね。知っていたのか」

「この間先生のおけいこ場でお会いしました。そのあとに、おうちまでお邪魔したんです」

「そうかい。どうして君が佐久間の家に押し掛けることにしたのか、その理由を聞こうじゃないか。返事によっちゃこのメニュー表でぶん殴っても構わんかね」

僕が佐久間につきまとっているとでも思ったのだろうか。比良坂は意外と弟子思いなのかもしれない。

「佐久間さん、あの幽霊の恋人だったそうです。キャンパスで僕が見かけた、あの自殺した若い男の人ですよ」

声のトーンを落として、僕は返す。比良坂がぴくりと口元を動かした。顎に指を添えて、無表情に言う。

「佐久間が。そうか」

「はい。高校のときにおつきあいをしていて、男性のほうが上京して離れ離れになってしまったそうです。夢を叶えられなくて自殺したから、それを佐久間さんに伝えてほしいと。佐久間さんは……さすがにショックを受けてるみたいでした。男性のほうは、とにかく自分が死んだことを伝えたいと思ってたみたいなんですけど」

比良坂の指が、コーヒーカップの持ち手をいじる。やがて低い声でぽつりと言った。

「愛する者に死なれた者と、愛する者を置いて行った者。あらがえない運命。すれ違い、か」

僕たちの前に立っていた店主は、いつの間にか厨房の奥へと引っ込んでいる。気を利かせてくれたらしい。

「さながら清経とその妻の話のようだ、と言いたいところだな。君は清経の死を妻に伝える淡津三郎《あわづのさぶろう》といったところか」

「僕は本当に、男性に頼まれたことを佐久間さんに伝えただけです。佐久間さんは――そのことを聞いて、どう思ったのかはよくわからないのですが」

「どう思っていたら正解だと言うんだね？」

不意に聞かれて、僕は言葉を詰まらせる。どう思っていたら？　どう思ってくれたら？　佐久間がどんな反応をしていたら、よかった、と思えたのだろうか。

「わかりません」

「ちょっとは考えなさい」

「本当に、わからないんです。知って苦しむくらいだったら、伝えないほうがよかったのかとも、思ってしまいます」

「清経の妻も苦しんだんだよ。曲の中ではね」

そう言って比良坂は、片方の眉を上げる。今さらだが、と前置きして、こう問いかけてきた。

「君、平清経《たいらのきよつね》という人物のことを、どこまで知っているんだい」

「平重盛の三男で、『平家物語』や『源平盛衰記』にその記録がある武将ですね。入水して命を落としたとか。都落ちの際に妻へ切り落とした白分の髪を贈っていますが、妻はそれを手向け返したという伝承もあります。確か、『源平盛衰記』でしたか」

「うむ、正確だが実に面白味のない説明だ」

「すみません。こういう性格なんです」

聞かれたことにそのまま答えてしまうのは、僕の癖というか性質のようなものだ。比良坂はまあいい、とまたコーヒーをすすって、続ける。

「世阿弥はその伝承を、見事な一曲に仕上げたんだよ。清経が入水する前に形見としてひとふさの髪を残し、それを手にした家臣の淡津三郎が、妻に清経の死を知らせるという構図にした。妻はその髪を見て、どうして自分で死ぬようなことをしてしまったんだ、せめて討ち死にや病死であれば仕方なしとも思えたのに――と、その形見の髪を返してしまう。このあたりも世阿弥の脚色だが、見事なものだろう。大事な人間が自分で死を選ぶだなんて、やるせない、苦しいなんてものではないだろうからな」

ずきり、と胸が痛む。佐久間の顔を思い出そうとしても、うまくいかなかった。頭がブレーキのようなものをかけているのかもしれない。

「残されたものは、どうしてだ、と嘆くしかない。形見の品も、見たくないとまで思うかもしれないさ」

「僕は――」

椅子から腰を浮かせて、僕は食いつくように声を出していた。薄暗い店の中、黄色い照明が比良坂の白い肌を照らしている。

「どうすればいいんでしょうか？」

「さあね。淡津三郎は、ただお使いとしての役を果たすだけだ。清経と妻の問題にまで踏み込んではいない」

あとは当事者で解決するべき問題だ。比良坂はそう言いたいのだろうか。しかし、死んでしまった井田の言葉はもはや佐久間には届かず、佐久間の反応もまた井田には伝えられていない。お互いに話し合うことなど、彼らにはできないのだから。

「――それに、清経という曲を自殺者の無念だとかの解釈に持っていくのは、多少強引ってもので好まんがね、私は。この曲の大事なところはそこじゃない。清経が精神的に追い詰められるさまや、死後の地獄の苦しみなどは、演出の上でこだわるべきものであって、曲のテーマじゃないのさ。この曲の本質は――」

止まっていた店内の音楽が、流れ始めた。両手を組んだ比良坂が、静かな声で言う。

「恋慕なんだよ。恋だ。生と死に隔てられたふたりの人間の、悲しい恋の話なんだよ」

外の雨が、少し強くなったらしい。

言葉を切った比良坂は、またふいとカウンターに向きなおり、残りのコーヒーを楽しんでいる。

椅子から立ち上がっていた僕は、後ろに一歩下がるようにして、再び腰をおろした。注文したブレンドコーヒーがいつの間にか運ばれてきていて、白い湯気を立てている。黙ったままでそれをひと口飲む。

苦味と旨味が、乾いた口に広がっていった。


雨が降ると、奈良の街は静かになる。

人が建物の中に引っ込んでしまうからだろうか。それとも、降る雨がざわざわとした喧噪を包み込んでくれるからなのか。雨水の流れる道を歩きながら、僕はまた佐久間と井田のことを考えていた。

能楽「清経」にオーバーラップする、ふたりの事情。

死なれたものと、死んでしまったもの。

自死を選んだ男の話と、恋の話――。

足は知らず知らずのうちに、大和女子大の構内へと向かっていた。重要文化財になっている小さな正門をくぐり、すぐそばに見えているN棟へ。学生の姿はほとんどない。ビニール傘越しに見える木々も、露で濡れている。N棟の真下で足を止め、僕は埃まじりの雨に煙る空を見上げた。ぼんやりと揺れる、青い光。こちらを見下ろす顔。

井田の幽霊が、四階の廊下にたたずんでいる。

佐久間が大学に来るのを待っているのだろうか。その場所からなら、東包永町の佐久間の家が見えるのだろうか。井田はまだ成仏できずに、このキャンパスの中をさまよっているらしい。

「……佐久間さんに会いましたよ。井田さんの言ったとおり、伝えておきました」

僕の声が届いたのか、井田は少し身を乗り出したようだった。幽霊は耳がいい。かなり離れたところからでも、僕たちの言葉が聞こえるらしいのだ。

「聞いてください。もし、井田さんが、それでもすっきりしないものを抱えてるんだったら」

清経の奥さんと、私、まったく同じ状況なんですもん。

そう寂しそうに言った佐久間の声が、耳の奥によみがえる。

「十日後の日曜日に、今御門町の比良坂能楽堂に来てください。佐久間さんもいらっしゃる、と思います。そこで演じられる、清経という曲が――」

相手の瞳が、しっかりと僕を捉えていた。距離があるのに、その透明な表情は僕のすぐそばにあるような気さえする。

「何かの解決になるかもしれません。井田さんにとっても、佐久間さんにとっても」

井田は何も言わなかった。

五月の雨が、音もなく僕たちを包み込んでいた。

3

公演当日。

開演よりも四十分ほど早く比良坂能楽堂に着いた僕は、次第に埋まり始める席を見回しながら、佐久間の姿を探していた。

しかし――前回ふらりと入ったときもそうであったが――畳敷きの間に座布団を適当に敷いただけの観客席というのは、ちょっと緊張する。ここに座っていいのかな、などと気を遣ってしまうが、やってくる人たちは慣れた様子で、好きな座布団に腰をおろしていた。みんな連れだってやってきた人とおしゃべりをしたり、受付で渡された「番組」に目を通したりして、のんびりしている。

「番組」はその日の演目と演者を記した、プログラムのようなものだ。この日は、仕舞――能楽の中の舞の一部を、装束も面もつけずに舞うもの――が三つに狂言が一番、そして比良坂がシテ、つまり主人公を務める清経の能、という構成になっているらしい。比良坂を除いた演者たちは、不勉強にして初めて聞く名前の人ばかりであった。

開演十分前ともなると座布団はほとんど埋まり、後方に置かれたパイプ椅子にも人が座り始める。まもなく開演です、というアナウンスが流れたころに、佐久間莉子が急いだ様子で観客席——見所《けんしょ》へと入ってきた。

視線が合い、軽く会釈をかわす。大和女子大の学生のグループとおぼしき集団に交ざって、佐久間も席についた。

誰からともなく会話がやみ、柔らかな静寂が満ち始めて、空調の音だけが残る。舞台右手の小さな扉が開き、袴姿の能楽師たちが舞台に現れる。四人の「コーラス」。地謡《じうたい》と呼ぶらしい。舞を担当する役者はそのコーラスの前に出て、衣擦れの音ひとつ立てずに膝立ての姿勢を取る。扇を構える。空気を細く震わせて、響いてくる謡の声。

ところは九重《ここのえ》の……。

「東北」という能の一節だ。和泉式部の霊が歌舞の菩薩となって和歌の徳を称える物語、であると書かれている。僕たちの住む現代の世界とは遠く離れた、異界の物語。歌の功徳という彼岸のテーマ。粛々と、ただ進んでいく時間と、止まった時間に捕らわれたかのような、観客たちの目線。

日常へすっと入りこんできた異界に、僕はなんとも言えない気持ちになっていた。感動、とはまた違う。胸が打たれたと言えばいいのか？　神秘的な気持ちになったとでも？　比良坂の舞を見たときとはまた違う感覚だが、能とはいったいなんなのだろうか。

謡曲の世界は幽玄の世界だとよく言われるが、確かに幽玄という言葉以上にこの感覚をよく表しているものはないように思える。自分たちが生きる世界と皮一枚を隔てた、あの世。そこには幽霊がいる。鬼神がいる。遠い時代を生きた人間たちも、妖怪と呼ばれるものも。異国の地の妃も、形なき神も――。

この現世と地続きの場所に、あの世のものたちがいるのだ。僕が見てきた世界と、まったく同じように。

続いて笠之段という曲と、薙刀を持って舞う船弁慶という曲の仕舞が続いて、僕は呆然とした気持ちでそれらの演技を見守っていた。

不慣れな身の僕には、極限までそぎ落とされた能の所作の数々が何を表しているのかはわからない。空白を読む……詩を読むのと同じようなものだろうか。能楽を見慣れている人の心には、これらの舞がどう映っているのだろう。

僕は佐久間の様子を確かめる。彼女はただ熱心に舞台の上の役者の動きを見つめていた。能楽を習うものとして、その技術をよく見て学ぼうとしているのかもしれない。

続いて狂言「寝音曲」が始まって、会場が笑いに包まれる。さきほどの張り詰めた空気とは裏腹に、みな一様にくつろいだ表情をして、目の前の「喜劇」を楽しんでいるのだ。

能公演の構成は不思議なものだが、エンターテイメントとしてはすごくよくできているな、と思う部分もある。悲劇と、喜劇。狂言を見ながら、僕も笑った。ここに来た目的もしばし忘れて、数百年前の作者が作った日常のコントを、心から楽しんでいた。

「ただいまより、十五分間の休憩とさせていただきます」

狂言が終わり、役者たちのはけた舞台にアナウンスが流れる。立ち上がり、僕はまた佐久間のほうを確かめるが、そこに彼女の姿はなかった。どうやら他の学生たちと連れだって、廊下へお茶でも飲みに行ったらしい。

ひとこと声を、と思ったが仕方がない。誰もいない舞台を振り返り、僕は深呼吸をする。

公演の前に、比良坂に「来い」と言われていたのだ。

能楽の舞台裏、役者が装束をつけ、その役に文字どおり身を包む「鏡の間」に。

僕は受付へと戻る。紋付き袴姿の女性が、僕の顔を見て笑顔で頭を下げてくれた。

「橋野昴と言います。あの、比良坂先生とお約束が——」

「ああ、橋野さん。お伺いしておりますよ」

奥へどうぞ、と導かれ、僕は歩き出した女性のあとをついていく。襖の並ぶ廊下には見覚えがあった。裏玄関から入ったときにはわからなかったが、どうやらあのけいこ場は楽屋として使われていた部屋であったらしい。

廊下にひと気はない。襖が開け放たれたままの楽屋で、狂言方らしき演者が装束を畳んでいる。たとう紙のこすれ合う乾いた音。防虫剤の香り。廊下の突き当たりには、酒と塩の祀られた神棚がある。

突き当たりを左に曲がったところに、その場所はあった。

床から天井に届くほどの、巨大な鏡。四方を白木の壁で囲まれた、うっすらと暗い空間。

鏡の前にいたのは、この世のものではない「存在」であった。

葛桶と呼ばれる、黒漆を塗った桶に、その「存在」は腰をおろしている。金糸の織り込まれた白い唐織に、片側の袖を脱ぐ形で着付けられた、深い紺色の長絹。薄水色の大口《おおくち》——袴には、水に散る紅葉があしらわれている。背まで届く長い黒髪に、真っ白な鉢巻きが垂れていた。

平家の武将、高貴な身でありながら戦いの中に命を落としたものの、悲しい装いだ。

装束をまとったその「存在」は、こちらに背を向けている。背筋を伸ばし、両の拳を膝の上で握りしめ、呼吸すらも感じさせない静かさで。

比良坂紅苑。

僕はその名を呼ぶことができなかった。装束をまとっているのは、今日「清経」を演じる比良坂紅苑、その人であることに間違いはないのに。

鏡に映ったその顔には、面がかけられていた。

比良坂の素肌のように白々とした色の、中将の面だ。口を薄く開いた状態でとどめられた表情に浮かぶ、無限の感情の色。悲しみか、やるせなさなのか、無念なのか。わからない。木に彫り込まれたその表情は、動くことなどないはずなのに——。

紋付き袴姿のシテ方たちが比良坂のすぐそばについて、装束のわずかな乱れを直している。手前に控えていた笛、小鼓、大鼓の囃子方たちが、よろしくお願いします、と互いに頭を下げて、立ち上がった。装束を身に着けた他の演者たちも各々の位置らしいものにつく。横板ひとつで隔てられている空間に、僕は入ることができない。

足を踏み入れることすら許されないような、異質の空間が、そこにはあった。

比良坂先生。呼びかけようとしても、声が出ない。話しかけてはいけないこともわかっているのに、その存在を確かめたくなってしまう。装束に身を包んだその姿は美しく神秘的だ。しかし、同時に、不気味だとまで感じてしまった。人間と似ていながら、人間とはかけ離れた造形を持つ能面が怖いのではない。ひとこと声を出すだけで崩れてしまいそうな、この張り詰めた空気に恐ろしさを感じているのでもなかった。

ただ、怖かったのだ。

そこにいたものが、清経の亡霊そのものであったから。

生まれてからずっと幽霊を見続けてきた僕は、初めてその姿を怖いと感じた。黄泉の果てに行ってしまったものが、ここに顕現するという果てしなさ。平清経なる人物が、いや、その霊魂がこの場におりてきているわけではないのに、そこには確かに清経の亡霊が存在している。装束に身を包み、面をかけることで、能楽師・比良坂紅苑は平清経そのものと成り果てた。

「それでは……」

シテ方のひとりの合図で、鏡の間にいた演者たち全員が動き出す。ただひとり、比良坂だけが微動だにしない。

「橋野さん、そろそろ――」

ずっとそばについていてくれていた、受付の女性にそう声をかけられ、僕は我に返る。頭を下げて合図をすることすらはばかられる気がして、そのまま元来た廊下のほうへ向きなおった。足を踏み出す。もう一度だけ振り返ろうと首を回したところで、何かがすっと横を通り過ぎていく気配がした。

「あ――」

井田だ。

青白く光る井田の霊は、惹かれるようにして鏡の間へと入り、見えなくなってしまった。

立ち止まった僕を、受付の女性が目線で促す。見所へ戻るように促すアナウンス。正面に向きなおり、僕は歩を進める。受付で案内係の女性と別れ、短い廊下を歩き、見所に繋がる両開きの扉を押す。

舞台にはすでに、コーラスにあたる地謡、笛と小鼓と大鼓からなる囃子、舞台進行の監督役である後見が揃っていた。舞台から左手に伸びる「橋」――さきほどの鏡の間と舞台を繋ぐ、橋掛《はしが》かりと呼ばれるものだ――の先にある五色の幕が上がって、音もなく、声もなく、紅の唐織に身を包んだ「女性」が姿を現す。ツレと呼ばれる役で、この曲においては清経の妻がそれにあたる。すり足で、ゆっくりと、舞台右手前に腰をおろす、清経の妻。

笛の音が舞台に響き渡る。カッ、と、眼球を震わせるような大鼓の音。水の雫の音にも似た、小鼓の響き。遠く、果てしない道中を表すかのような、囃子のあしらいである。幕が開き、ワキの淡津三郎が姿を現した。

能楽において、ワキと呼ばれる役は、ワキ方という専門の演者が務めることになっている。生者である男性の役ばかりで、面をかけることはない。現実と夢幻を繋ぐ役割をしているのだと、そう聞いたことがあった。

これは左中将清経の御内に仕え申す。淡津の三郎と申す者にて候……。

ワキの淡津三郎の台詞で、ドラマが動き出す。主君の清経が入水して果てた。雑兵にその首をとられるよりはと、自ら命を絶ったのだ。船には形見の髪が残されていた。生き延びた自分は、その形見を清経の妻に届けなければいけない……。

人目を忍ぶように、清経の妻の待つ都へと帰る淡津三郎。そんな彼を清経の妻が迎える。人を通すまでもない、直接ここへ来いと、家臣である淡津を呼び寄せる清経の妻。夫の身に起こったことを、彼女はまだ知らない。

舞台の上には、装束を来た役者がふたりいるだけである。小道具の類はない。問答とわずかな動きだけで、役者たちはここがどこであるか、どのような状況であるかを演じきってみせるのだ。それが能という芸術、「そぎ落とされた」舞台演出の極みでもある。

面目もなき御使である、と告げる淡津三郎に、さては遁世したのか、筑紫の合戦でも生き延びられたと聞いたのだが、と狼狽する清経の妻。淡津三郎はためらいながらも、残酷な事実を告げる。

清経は豊前の国、柳が浦の沖でその身を投げ、命を落とされた。もはや勝ち目なしと平家の一族の運命を嘆いた果ての、入水であった。

妻は嘆く。討ち死にや病死であれば、仕方がないとも思えたのに。約束が違うではないか。どうして自分から命を捨てるようなことをしてしまったのだ。どうして……。

言葉だけで語られる、清経の妻の嘆き。僕は無意識のうちに佐久間の顔を確かめていた。彼女の表情に変化はない。ただじっと、舞台の上の演者たちに見入っているようである。

地謡が妻の嘆きを謡いあげる。能楽におけるコーラスである地謡は、情景描写や演劇におけるト書きの役目を越えて、シテやツレの台詞や心象風景であるべきものを代わりに謡ったりもする。ツレはそんな地謡を背景に、最低限の所作だけで状況と感情を伝えなければならないのだ。

手を目のあたりに添える所作で、ツレの演者が落涙を表現する。船中に残された形見の髪を妻に託す淡津三郎。見るのもつらい、と、それをつき返す妻――。

夢になりとも見え給えと。寝られぬに傾くる枕や恋を知らすらん枕や恋を知らすらん……。

五色の幕が上がる。舞台はいつの間にか、ツレである清経の妻の夢の中、生者と死者の世界のあわいへと移り変わっている。ゆらり、ゆらりと、幕の奥から姿を現す亡霊。黄泉の世界の住人と成り果てた、平清経の霊。妻の嘆きに呼ばれるようにして、清経がこちらへ向かってくる。深い憂いを帯びた中将の面の横顔。そこに重なる悲しい顔を、僕は確かに見た。

井田だ。井田の霊が比良坂に、そして彼が演じる清経の亡霊そのものに、ぴたりと重なり合っている。

聖人に夢なし。誰あって現と見る——。

夫の姿を見て、これは夢か、夢でもいい、会えたのだから、と喜ぶ妻。しかし、どうして？　自分を残して、なぜ命を絶つような真似をしたのだ。約束が違うではないか。ただ今は恨めしい、どうして、どうして——。

「仕方がなかったんだ。全部、だめだったから。君を捨ててまで懸けた、夢だったのに」

不意に、耳のすぐそばで声が響いた気がして、僕は周囲を見回す。舞台は止まらずに進行している。それを見つめている佐久間は、じっと唇を噛みしめたまま、表情を変えようとしない。違う。これは、「声」として発せられた言葉ではないんだ。今、比良坂と……いや、清経の亡霊と同化している井田の霊が、劇の中の言葉に乗せて叫んだものなんだ。仕方がなかったんだ。聞いてくれ、莉子。僕が死んだ理由を。どうかそれを聞いて、わかってほしい。僕は死を選ぶしかなかったんだ。ああするしかなかったんだ――。

清経の妻の嘆きが、清経の嘆きが、佐久間と井田の涙に重なる。古語で謡いあげられる詞章に重なって、井田の叫びが響いてくる。平重盛の三男、左中将の清経は、平家の一門の行く末を嘆き、絶望した果てに入水した。宇佐八幡の神からもたらされた託宣。「世の中の、うさには神もなきものを。なに祈るらん心づくしに」。救われることがないのに、なぜ祈るのか？　神にすらも見放された運命。清経は入水する直前に、愛用の笛を奏でる。


来し方行く末をかがみて、終にはいつか徒波の――。


救いはない。敵はそこまで迫っている。いつまで、この憂き世に留まらなければいけないのだ？　ならばいっそ、深い水の底に沈んでしまうんだ。

「もう叶わないのなら、いっそ死んでしまおうと思ったんだ。こんなみじめな思いをし続けるなら。情けないこの身を引きずって生きていくんなら、いっそ、って」

井田の言葉がまた聞こえてくる。

舞台の上の清経は、船上にありながら、もはやこの世のことを見てはいなかった。吹き鳴らされる笛の所作。踏み鳴らされる足拍子。伏せられた面の向こうに比良坂の顔があるとは思えない。そこにいるのは、千年前の亡霊と——その古き亡霊と同化する、現代を生きた若い男の幽霊だ。

外目《よそめ》にはひたふる狂人と人や見るらん。よし人は何とも、みるめをかりの夜の空。西に傾く月を見ればいざや我も連れんと。

白足袋が走る、袖が舞う。六メートル四方に閉ざされた舞台の上が黒々とした大海原になり、冷たい風が吹いてくる。波にのまれそうな船に揺られ、ひとり現世に背を向けて、笛を吹き鳴らす貴公子・清経の姿。情景を、状況を、もはや揺らがぬ決意を抱いた清経自身の心情を謡いあげる、地謡の声。自然そのものの音を表すかのような囃子の響き。

清経が舞う。月を追うようにその身を走らせて、比良坂が舞う。笛に見立てた扇を口元に当て、吹き鳴らす仕草を見せて。

謡と、囃子と、ただ一点に集約された、舞台の上のシテの舞。井田の声がまた響いてくる……はっきりとわかる口調で、僕の耳の奥で。空間を満たす謡をかき消すように、重なるように、その最期の痛みを訴えながら。

「だから死のうと思った。どこまで歩いたのかは覚えていない。気づいたら海のそばに立っていた。寒い日だった。ここに飛び込めば、もうつらいと思わなくて済むと、そう思ったんだ」

南無阿弥陀仏弥陀如来。迎えさせ給へと。

合唱。清経の最期の祈り。舞台の上の貴公子は、僕らのほうを見ていない。果てないあの世へ向かって、祈りを捧げている。阿弥陀如来。この哀れな魂を、浄土へと迎え入れてください。

「飛び込んだんだ。ためらいはなかった。ずっとつらかったから、ほっとしてた。逝きたい、逝きたいって、そういう気持ちしかなかったから」

ただ一声を最期にて。船よりかつぱと落汐の。

「君のことは忘れてなかった。忘れたことなんてなかった」

底の水屑と沈み行く

「ずっと考えてた、最期の瞬間まで」

清経の身体が、深く、深く水の底へと沈んでいく。清経の決意を表す所作も、飛び込む所作も、一瞬だった。あっという間に命を絶ってしまった人間が、昏い水の底へと沈んでいく。

「ただ君にごめんよって言いながら、僕は死んだんだ――」

憂き身の果てぞ
悲しき

なおも涙を流す妻に、清経は答える。恨み言を言うな。現世に生きる人間も、奈落に落ちた人間も、哀れな身であることに変わりはない――。

現世で戦いに身を置いたものは、修羅道に落ちる。清経もまた例外ではない。舞台の上は一瞬で地獄と化し、ただ清経の立ち回りだけが、その酸鼻を極めるありさまを伝える。襲い来る敵。血の臭いのする戦場。永遠に続くかに思える苦しみは、清経が入水の直前に唱えた念仏によって救われる。

祈りは届いた。清経は成仏し、仏の救いのありがたさを謡いあげて、唐突に幕は切れる。

げにも心は、清経が仏果を得しこそありがたけれ。

合掌の所作をとって、舞台の上の清経がふたつの足拍子を踏んだ。小鼓と大鼓の音で、笛の音も謡も止まる。

能としての清経の物語は、ここまでだ。

妻がそのあと、どうなったのかは語られていない。清経が成仏したことを知って、妻がどう思ったのかさえ。

ゆっくりと、ぶれることのない姿勢で、橋掛かりから去っていく清経の霊。その姿を見送りながら、僕はもはや井田の霊がそこにはいないことに気がついていた。どきりとする。舞台に取り込まれていた精神が現実に戻ってくるにつれて、ずっと感じていた焦りが形を成していく。

違う。

あのときとは違う。

比良坂に、いや、比良坂の演じる清経に同化していたはずの井田は、まだ救われていない。何かを伝えきって満足した様子も、悲しみを清経という役に語らせることで納得した様子も、いっさいなかった。

舞台の上から他の演者がはけ、拍手が起こる中、僕は佐久間に視線を投げていた。

佐久間もまた、僕のほうをじっと見つめていた。

何かを言いたげな、何かを押さえつけているような表情で、その唇を噛みしめたまま。


がやがやと帰っていく人の流れに乗れず、僕は一瞬佐久間を見失ってしまった。人の間をうまくすり抜けながら短い廊下を出て、表玄関から外へ。迎えのタクシーがすぐ前につけてある。連れだって来たらしい観客たちが、道路のわきに避けて談笑している。

「佐久間さん！」

学生らしき数人のグループの中にその姿を見つけ、僕は声をかけた。佐久間と話していた学生たちが、気を遣った様子で佐久間と僕に頭を下げ、その場を離れる。

「橋野さん。すみません、いらっしゃってたのは知ってたんですけど、ご挨拶できなくて――」

佐久間はそう言って、かすかに口角を上げた。しかしその目は笑っていない。肩がけの鞄を握りしめる手に、力が入っていた。

「いえ。僕のほうこそ、急に声をかけたりして……」

どう言えばいい？　僕が覚えた違和感を、どのようにして佐久間に伝えればいいのだろうか？　清経の霊、舞台の上で舞う比良坂と同化した井田が、救われてはいなかったこと。どこかがおかしい、何か、井田の救済を邪魔している要素があるのだと、どうやって話せばいいのだろうか。佐久間はこのまま、何も知らないなら知らないでいいのかもしれない。自死した井田が死んでもなお救われないでいるということを、わざわざ伝える必要などあるのだろうか？

しかし、だ。

「何か――」

僕はそう口にしていた。佐久間に疑われたり、怪訝に思われたりすることとの懸念は、頭から消え去っていた。

「何か、感じませんでしたか。その……井田さんに関することで、今日、何か気になることはありませんでしたか？　おかしいことを言っているとは、承知しています。けれど、僕は――今日、あの場に、いた気がするんです。井田さんが」

佐久間は表情ひとつ変えなかった。玄関口に集まっていた人々の姿も、今は散り散りになっている。

「すみません。不謹慎に思われても、仕方がないですが――」

「私も、見ました」

返ってくる言葉。息を呑んだ僕に、佐久間が続ける。

「見た、というよりは、感じたんです。比良坂先生の清経を見てるときに。ああ、なんだか、蒼平と同じだなって――蒼平もこうして、どうしようもなくなって死んだんだなって、ふとわかっちゃって。苦しかったんだろうな、誰にも相談できなかったんだろうなって、いろんなものがこみ上げてきて、なんだか、涙も出ませんでした。苦しいよ、苦しいよ。死ぬ瞬間よりも、死のうって思うほどに苦しんだことが、つらかったんだよって、蒼平がそう言ってる気が――して――」

声を詰まらせた相手と目が合い、僕は胸の痛みを覚える。見えていなくとも、佐久間は感じていたのだ。井田蒼平がそこにいたことを。清経の最期に重ねて、自らの苦しみを叫ぶ井田の姿が、佐久間には届いていたのだ。

「なんだか、ずるいですよね。生きてる私たちは、なんで死んだのって、怒れないですもん。死人に鞭打つようなことしちゃうし、そんなこと言うなら、生きてる間に助けてやれよって感じですし。でも」

佐久間が顔を伏せる。目尻に、小さな涙が光っていた。

「勝手に死んじゃってごめんよって言うくらいなら、私を頼ってほしかった。助けにはなれなかったの？　私の存在は救いにならなかったのって思っちゃうと、もう――」

僕に何が言えるというのだろうか。僕がここで佐久間にどんな言葉をかけようとも、それこそ救いになどならない。死者の思いを伝えても、結局のところまた僕は、誰の助けにもなることができなかった。ただこうして伝えることで、佐久間を——井田を、傷つけただけなのだとしたら——。

「ほんまに残酷、というか無責任な幕切れやな、あの清経いう曲は。念仏礼讃のための構成いうても、清経の成仏だけが描かれて、あとはほったらかしなんやから。清経の妻がそのあとどうなったか、救われたのかなんて、どうでもいいんかいう話や」

突然聞こえてきた声に、僕と佐久間は同時に視線を投げる。

比良坂だ。

腕を組み、すっと背筋を伸ばした着物姿の比良坂は、切れ長の目を細めて僕たちを見ていた。いつの間に現れたのだろう。佐久間も目元をぬぐって、慌てて頭を下げている。

一歩歩み寄ろうとした僕を手で制止して、比良坂は佐久間の顔を見据えた。呆然とする弟子に向かって、よどみのない口調で言う。

「佐久間くん。清経を舞う君は、この曲にまつわるありとあらゆる解釈を自分なりに嚙み砕いていかなあかんのや。戦いの場に身を置くことを嘆いた者の、反戦の曲やと思うか？　それもええやろう。どれほどひどい死に方をしても、念仏で救われるというありがたさを描いた仏教礼讃の曲だと捉えるか？　それも間違うてはない。けれど、僕は初めに君に言うたね。その曲の主眼はそこやない。もっとシンプルで、純粋で、わかりやすいテーマがあるんやと、僕はそう伝えたはずや」

「恋――」

　ぽつり、と答えた佐久間に、僕は視線を投げる。佐久間は薄く口を開いていた。その唇から、はっきりとした声が漏れる。

「恋、恋慕なんですよね。清経と奥さんのすれ違い。相手のことを想っていても、どうしようもないものがある、どうしても避けられなかったものがあるのが悲しいんだって、比良坂先生はそうおっしゃいました」

「そう。現代を生きる我々にも、わかりやすい感情やな。清経公はこれから自分を襲う運命の残酷さに耐えられずに死にはった。愛する者を忘れるほどの絶望とは、どれほどのものであったんやろうと僕らは想像する。曲の中の清経は、自分が入水したときの様子を語って聞かせることで、愛する者を納得させたかったんかもしれん――仕方がなかったんだ。こうするしかなかったんだ、わかってくれるだろう？　てな」

　僕に横顔を向けた佐久間が、奥歯をぐっと噛みしめるのがわかった。聞いてくれ、わかってくれ。清経と同化した井田は、ひたすらにそう訴えていた。まるで、自分の深い苦しみを訴えれば、佐久間が救われるのだと思っているかのように。

「それこそ残酷なことやないか。君の言うように、私の存在は救いにならなかったのか、と、残された者はそう嘆くしかないんやから」

　比良坂がそう言い放つと同時に、僕は足を踏み出していた。

「すみません。失礼します」

面喰らった顔をしている佐久間と、腕を組んだままで微動だにしない比良坂に頭を下げて、その場から足早に立ち去る。

井田は自らの死を佐久間に伝えてほしい、と僕に頼んだ。僕は彼の望むままに、佐久間にそのことを伝えた。佐久間は嘆く。自分を残して死んでしまった恋人の痛みを思って、ひどい悲しみに襲われる。そして、井田は——。

井田が救われない理由がわかった。あとは、いかにしてそれを解決するか、だ。


日曜日のキャンパスは静かだった。N棟のいくつかの窓からは明かりが漏れていたが、外階段を歩く人の姿はない。鼠色のコンクリートの段差をひとつずつ踏みしめ、僕は四階の踊り場を目指す。姿は見ていなくとも、確信があった。

「井田さん」

やはり井田はこの場所に戻って来ていたらしい。戻って来ていた、というよりは、離れられないと言うべきなのか。佐久間莉子に未練を残しているかぎり、井田はここから去ることができないのだろう。

「やっぱりここにいらっしゃったんですね。さっき、比良坂能楽堂で——」

「君の言うとおり、行ってみたよ。清経……というのかな。その能が始まるときに、比良坂能楽堂に入っていった。不思議な感じだった。能面をつけている役者に惹かれて、気がついたら舞台で舞っていたんだ。自分の足で、自分の声で演技しているような、妙な感覚だったよ。皮肉だよな。こんな形で、念願の舞台に立つことになるなんて」

　僕は何も言わない。振り返った井田の幽霊は、あの蒼い光を放っている。

「莉子が来てた。僕のほうに気がついてるみたいだと思ったのは、気のせいなのかな――」

　静かに放たれた言葉。こちらを見据える相手に、僕は頷く。

「気のせいじゃありません。佐久間さんは、何かを感じてたみたいです。井田さんも苦しんだんだろうって。死ぬほどに苦しい思いをしたんだって思うと、涙も出ないと、そう言ってました」

「……そうか。そうなのか」

「井田さん」

　ふい、と背を向けた相手に、僕は呼びかける。井田の放つ蒼い光が、わずかに揺らめいた。

「あなたは、自殺なんかしていない。事故か何かで死んでしまったんだ。そうではないですか」

　井田がぴくり、と身をすくめたのがわかった。か細い声が返ってくる。

「――どうして、そう思う――いや。どうして、わかったんですか？」

　振り返った井田は、複雑な表情をしていた。悲しんでいるような、安堵しているような。

　比良坂がかけていた中将の面のように、そこには無限の感情が揺らいでいる。

「これは、僕の経験からの推測でしかないんですけど。ずっと前に、海に投身自殺をした幽霊に出会ったことがあるんです。その人も蒼っぽい光を放ってたから、僕はその光が自殺した人の幽霊だけに現れるものだと思っていました。でも」

僕は唇を噛む。ためらいで言葉が出てこなくなる前に、一気に言った。

「それにしては、その蒼い光の幽霊に出会った数が、圧倒的に少ないと、そう思ったんです。悲しいことだけど、僕は――身近な人を自殺で亡くしていて――他人事じゃない、本当に身近にあることなんだなって、そのときに思い知ったんです。街をさまよっている人の中にも、きっとたくさん、そうしてしまった人がいるんだろうって。今まで何百人、いや、きっと何千人と幽霊を見てきたのに、自殺した人がそれだけ少ないってことはないだろうと――思ったんです――」

「そう、だよな」

井田がぽつりと答える。涙を流していた。

幽霊も泣くことができるのだと、僕はそのとき初めて知ったのだ。

「東京にいたとき、思い知ったよ。絶望してる人って、こんなに多いんだって。救われない人が、どれほど多いかって」

「――それに」

僕は続ける。強い五月の夕日が、井田の姿を照らし始めていた。

「清経と井田さんが同化しているときに、なんとなく、井田さんが苦しんでいる気がしたんです。これじゃ佐久間さん……莉子が救われないって。自分の苦しみを訴えても、莉子がもっとつらい思いをするだけ。莉子に救いはないのか、これでよかったのかって、叫んでいる気がしたから」

僕が感じていた違和感の正体は、これだ。清経の苦しみと自らの苦しみを同化させながらも、井田は納得していなかった。莉子の救済はどうなるんだ。自分だけがつらい、悲しいと訴えたところで、彼女が救われるわけではない。このまま別れたくはない。成仏するわけにはいかないと、井田はずっとずっと叫び続けていたのではないか。

「事故だったんだ」

何かをこらえているかのような声で、井田が言う。ますます強くなる夕方の日差しが、蒼い光をかき消し始めていた。

「もう何回目かもわからないオーディションに落ちて、気がついたら海を見に来てた。船に乗ってどこか遠くへ行こうか、いいや、奈良に帰りたい、莉子に会いたいって、本当にそう考えてたんだ。死ぬつもりはなかった。暗かったから、足元がよく見えなくて。堤防から海に転落して、這い上がれなくて――気がついたらここにいた。情けなかったんだ。馬鹿みたいだったんだ。せめて莉子には納得してほしかった。文字どおり死ぬほど悩んで、頑張ったんだって。莉子を捨ててまでやろうとしたことに、死ぬまで向き合ったんだって。本当に命を懸けたんだ、って、わかってほしくて、自殺だと――伝えた――」

井田の涙が、小さな光を反射して輝く。彼の放つ蒼いオーラは、無念のうちに水の底に沈んだものだけが持つものであったのかもしれない。

「俺、馬鹿ですよね？」

泣き顔でそう問われて、僕は首を横に振った。自分も叫びたい気分だった。

「馬鹿なんかじゃない」

井田の表情が、ふっと緩む。まだ幼い色を残した、ひとりの青年の姿がそこにあった。

「馬鹿なんかじゃ、ないですから」


やはり今年の梅雨は、一歩も二歩も早く奈良の地を訪れていたようだ。

例年より二週間ほど早い梅雨入りとなり、降雨量も多くなると予想されます。今朝の天気予報で気象予報士が残念そうに言っていたっけなと、僕は露に濡れる木々の葉を見上げた。平日の昼間。梅雨の晴れ間といった天気だが、午後遅くからはまた雨が降ってくるらしい。キャンパス内は傘を片手に歩き回る学生で賑わって、湿っぽい空気を吹き飛ばしている。

胚芽パンのサンドイッチは、今日もおいしかった。ドレッシングで汚れた袋を丁寧にたたんだところで、背後から声をかけられる。

「——橋野さん」

振り返り、僕はその相手に笑顔を見せた。ターコイズブルーのワンピースを着た佐久間が、柔らかく微笑んでいる。

「いつもここでサンドイッチを食べてたの、やっぱり橋野さんだったんですね。おいしいですよね、それ」

屈託のない調子でそう言われて、僕も笑った。傍らに置いていた本を膝に載せ、だらけた姿勢を正す。

「サンドイッチの人、って認識されてるの、ちょっと恥ずかしいです。生協のレジの人にも、今日はそれが最後の一個だったんですよ、買えてよかったですね、なんて言われたりしますし」

佐久間が声を上げて笑う。その左手首に銀の時計がはめられているのを見て、僕は小さく息を吞んだ。大きな文字盤に、しっかりとした太いベルト。一目で男物とわかるつくりの時計だ。

「佐久間さん。それ――」

「はい。蒼平のやつです。高校のときに使ってたやつが、実家に残ってたみたいで。つけてあげたほうが、いいのかなって」

佐久間はそのあと、僕の勧めで井田蒼平の実家を訪ねていた。線香を上げに行く、という目的ではあったが、そのときに両親から井田の死の真相を聞かされていたはずだ。息子は海の事故で死んだ。遺書も事件性もなく、本人にも死ぬつもりはなかったのだろうと、井田の両親は語ったに違いない。

「蒼平のお父さんとお母さん、久しぶりに会ったんですけど、すごく元気そうで。いや、元気はないんですけど、なんとか健康そうでいてくれて、私もほっとしました。事故だとなんとも割り切れないよね、って話もして、結局——悲しいことを思い出させただけかもしれないけど、行っておいてよかった、もっと早く行っておくべきだったなって、そう思ってます。突然のことで何も残してなかったから、せめてこの時計を持って行って、思い出してつらいようなら、捨てていいからとも言われたんですけど」

佐久間は手首の時計を撫で、僕をまっすぐに見据えた。

井田が遺書を残し、僕に伝言を頼んだということが嘘であるのを、佐久間は知っている。

「私、このまま持っていようと思うんです。蒼平のこと、たまには思い出していたいから」

「それでいい、と思います。それでいいと——」

構内に、高く柔らかいベルの音が鳴り響く。昼の十二時五十分になったときだけ、校内放送のチャイムが鳴らされるのだ。

「……すみません。もう行きますね。三コマ目、笠之原先生の講義なんですけど、遅れたらすごく怖いんで」

笑顔で頭を下げ、去っていく姿。僕はその背に声をかけた。

「佐久間さん！」

佐久間が振り返る。その顔にはまだ笑みが浮かんでいた。

「あ、すみません……引き留めてしまって。ひとつだけ聞かせてください。井田さんが自殺したって伝えたのは僕で、それが嘘だってわかったのに――なんで、佐久間さんは――」

怒ってないんですか？　と聞く前に、相手の軽やかな声が返ってきた。

「嘘じゃないですよね？　橋野さんが蒼平にそう頼まれて私に伝えてくれたんだなって、ちゃんとわかってますから」

「え、どうして――」

「世の中にはあっちの世界と繋がってる人間がおるもんですよ。そういう人たちは一生懸命死人の話を聞いて、何とかしようとしてるんかもしれんねって、比良坂先生がそうおっしゃってたから。橋野さんはどうもそっち側の人らしい、きっと君の恋人と話をして、どうにか間を取り持ってくれたんやって、そう聞いてましたから」

僕は言葉を詰まらせる。

比良坂が、佐久間に？

「比良坂先生って、厳しいけど、嘘はつかないので」

背を向けて去っていく佐久間の姿を、僕はしばし見つめていた。

その姿がN棟のほうへと消えていく。昼休みの学生で賑わっていた中庭に、穏やかな風が吹き始める。

「いや偽りは人間にあり。天に偽りなきものを、ってところかね」

急にそう声をかけられて、心臓が跳ねる。振り返ったところで、普段着の比良坂と目が合った。僕は慌てて立ち上がる。オフの日の能楽師というものは、みんなこういったストリートファッションに身を包んでいるものなのだろうか。髪型も、どことなくラフな感じだ。

「比良坂先生。なんで」

「ここにいらっしゃるんですか、と聞きたいんだろうな。私が笠之原教授に頼まれて、近々この大和女子大で講演をする予定になっていることを、君は知らないようだが」

それは知らなかった。豆鉄砲を食ったような顔をする僕に向かって、比良坂は続ける。

「――まあ、ひとこと礼は言っておくよ。うちの弟子が、お世話になりましたってね。佐久間、ちょっとさっぱりした顔をしているだろう。自殺であれ事故であれ、井田蒼平の死を受け入れる覚悟みたいなのができてきているんじゃないのか」

「……はい。そう思います」

僕はN棟の外階段を見上げる。

そこに井田の幽霊はいなかった。佐久間に真実を伝えられて、納得したのか。井田はきっと、思い残すことなく黄泉の世界に去っていったのだろう。佐久間の元に、思い出の詰まったただひとつの形見を残して。

「しかしそれにしても、君は損な性格だな」

ふとそう言われて、僕は比良坂に視線を戻す。相手は薄い唇に切れるような笑みを浮かべて、僕のほうを見つめていた。

「ああして佐久間と井田のために走り回っても、なんの得にもなりゃしないじゃないか。結局は当人同士で解決して、最後に君は蚊帳の外。せいぜいお礼を言われるのが関の山だが、井田はそんな別れの挨拶もなしに逝ってしまったんじゃないか？」

「――僕だけじゃきっと何もできなかったですよ。先生の不思議な……すごい力があったからこそ、じゃないかと思うんです。清経と同化することでしか、井田さんは佐久間さんの悲しみに気づけなかったと思うから」

「ほう？」

「だから、これでいいんです。今まで、こんなことはなかったから。幽霊とどれだけ話をしても、すっきり解決したなって、思うことがなかったから」

「だから、そういうところが損だと言っているんだ。困りまくっている幽霊なんぞごまんといると思うが、君はそのひとりひとりを救うつもりでいるんじゃないかね。無謀でしかないし、君にはそんなことをする義務もないだろう。理解しがたい」

「じゃあ、放っておけと言いたいんですか？」

食い気味にそう言ってしまい、僕はしまった、と口をつぐむ。僕自身の葛藤は、比良坂にぶつけるべきものではないはずなのに。

比良坂は思いがけない僕の口調に、ぴくり、と眉を動かしただけだった。青々とした葉をつける桜の木を見上げ、おかしそうに言う。

「いいや。理解しがたいと言っただけで、やるなとは言っていない。君が納得できないのなら、馬鹿正直に、とことん、やるしかないさ。そうだろう?」

まっすぐに放たれる、肯定の言葉。

僕は比良坂の姿に見入っていた。すっと伸びた背筋。青くも見える肌の色。そうだ。初めて能楽堂で比良坂の姿を見たときに、僕は確信したのだった。

この人となら、何か今までとは違うことができる。

この人について行けば、新しい世界が見えるかもしれないと。

「――それに、君。人助けをしたいというのならね」

比良坂が笑う。黒々とした髪が、風に吹き乱されていた。

「いつか私のことも救ってくれよ。今君の目の前にいる、このひとりの人間をさ」

木々を揺らす音が、比良坂の言葉に重なる。

五月の奈良の日差しは、優しく、厳しい。

僕はしばらく、ただ黙って、笑う比良坂の姿を見つめることしかできなかった。

第二夜
鵺

子供は親の宝物なんだよ、という言葉を、僕は当たり前のように信じてきた。

絵本にもそう書いてあるし、幼稚園の先生や、学校の先生もそう言っていた——お父さんやお母さんは、あなたのことが大好きなんですよ。あなたがいるから、頑張ろうと思えるんです。あなたを守るために、全力を尽くそうと思っているんです。

だから、安心して。みんなあなたのことが大好きなんですから。

その言葉の数々に疑問を覚えるには、僕はまだ幼すぎた。成長し、大学院生になった今でも——僕は愛情という存在そのものを否定してはいない。人が育つには愛が必要だ。あなたのことを愛している。大事に思っている。そう言ってくれて、実際にそれを行動で示してくれる人の存在が。

けれど、「親」が——子供を無条件で愛しているという言葉は——。

「昴」

子供の頃に住んでいた家には、温室があった。父はいつもそこで、緑色の絵を描いていた。視界のすべてが植物で覆われてしまったかのような、不思議な景色の中で、父は筆を走らせていた。幼い僕はそれを見ている。いつも穏やかに微笑んで、遠い国のラクダの話とか、夕日の輝く海の話をする父のそばにいるのが好きだったから。

父は異国をめぐるのが大好きな、根っからの旅人だった。

そんな父の話を聞きながら、幼い僕は来るべき未来にいつも思いを馳せていた。お父さんが話してくれる国へ、いつかいっしょに行きたい。カラフルな骸骨が街中にあふれるメキシコのお祭りって、どんな感じなんだろう？　海の向こうの幽霊は、お花みたいにいろんな色をしているんだろうか。日本の幽霊はみんな、生きたときと同じ姿をしているけれど。

お父さんといっしょに、旅に出てみたい。お父さんは幽霊を見ることができないから、海の向こうに住む幽霊がどんな姿をしているか、僕が教えてあげなくちゃ。

「昴――今日も、雨だね。これじゃ、どこにも行けないね」

そう話す父のすぐそばで、僕はいつも本を読んでいた。

お父さんは僕のことが好きなんだ。だから、ずっとずっとそばにいてくれるんだということを――無邪気に信じながら。

1

最近の夏の気温は、人間が生きられる限界をとうに超えているよな、と、僕は目にしみる汗を手でぬぐった。

散歩に出れば気分転換にもなって資料読みもはかどるだろう、少しだけなら大丈夫かな、と甘く見ていたのがいけなかったらしい。鍋屋町のマンションから大宮通りを渡り、興福寺の境内に入るころには、もう頭が痛くなるほどに汗をかいてしまっていた。

自動販売機で冷たいお茶を買い、登大路園地《のぼりおおじえんち》の隅にあるベンチに腰をおろす。七月半ばの奈良公園。修学旅行生の姿はなく、猛暑のせいか一般の観光客の姿もまばらだった。鹿たちは涼しいところに避難しているのだろう。

陽炎の揺れる道路を見ながらお茶を飲み、呼吸を整えていると、頭の痛さもずいぶんましになってきた。

今度はシャツの首元をぱたぱたさせて、二本目のペットボトルを開ける。一本目のボトルは早々に空になってしまっていた。苦い麦茶が、乾いた砂のような喉にしみわたっていく。

――こんな暑い時期にも、能の舞台ってあるもんなんだな――

真夏は能の公演が減る時期だ。浴衣を着て仕舞や謡だけを出しものにする簡素な会はあるが、装束をつけて一曲、二曲と演じる公演は少ないのだと、比良坂は言っていたっけ。農閑期ならぬ能閑期だ、と彼は冗談めかしたことも言っていたが、確かにこの暑さであの重そうな装束をつけて舞うのは容易ではないと言えるだろう。

だが、と比良坂は言っていた。お役所はそんな都合もお構いなしのスケジュールを組んでくることがある。七月、夏休みの真っただ中に、奈良市内の中学生を招いて観能イベントをしたいのです。何か中学生にもとっつきやすいテーマを扱った能はありませんか、伝統芸能に興味を持てるようなものをですね……と頼まれたのが一年ほど前。その観能イベントが、一週間と二日後に迫っているらしいのだ。

それにしても、と、僕は比良坂から買い取った謡曲の一番本——能における台本のようなものだ——を眺める。

「鵺《ぬえ》」。

比良坂はどうしてまた、中学生向けの公演にこの曲を選んだんだ？

頭は猿、尻尾が蛇、手足が虎の姿をしていたという妖怪——鵺の退治にまつわる逸話と、鵺の亡霊が語る無念を描いた、重く暗い一曲。

（もっと派手でわかりやすい曲もあるだろうに）どうして今回はこれを選んだんですか、と訊ねた僕に、比良坂は「これがよかったんだ」と言うだけだったのだ。

妖怪、というテーマが中学生にとってとっつきやすいものであると考えたのだろうか。「複式夢幻能」という能の基本的な構成を、実際の曲を通して覚えてもらいたかったからなのだろうか。あるいは、比良坂自身がこの曲を舞いたかっただけなのか。理由はよくわからないが、確かなことがひとつある。

公演当日に配る「曲の解説」という資料を僕が作らなければならず、さらにその締め切りがあさってに迫っている、ということだ。

ちなみに番組やその他能舞台などに関するパンフレットはもう準備ができているらしく、それらの資料を見た学校の先生から「曲の内容に関する解説がほしい」と要望があったらしい。コピー用紙一枚で済むプリントのようなもので構いませんので、と。

そうお願いされたのが一か月ほど前。比良坂が僕に「君がその資料を作りたまえ」と頼んできたのが昨日なのだが、そのタイムラグが何なのかも、よくわからない。もう僕には何が何だかよくわかりません、という状態なのだ。

とにかく今日明日中には原稿を完成させて、レイアウトまで仕上げておかなければいけないな、ということで、家で資料読みをしていたのだが——熱中症になりかけて今に至る、というわけだ。五月の公演以降、僕は比良坂のけいこ場になんとなく出入りするようになっていたが、まだ自分では謡や舞のけいこを始めてはいない。ただ、ひたすら、比良坂紅苑という人物を——観察している。

けいこ場の比良坂は飄々としていて、捉えどころがない。一対一で話す機会もなかなかなく、僕はただ能楽の師としての比良坂を観察するしかなかった。年配のお弟子さんたちからは、子供のようにかわいがられている。学生たちからは恐れられ、信頼できる師として慕われている。そこには霊媒としての比良坂の面影はない。

また舞台を見れば、異界とこの世を繋ぐシャーマンとしての比良坂に会えるだろうか、と、今回の公演を楽しみにしていたのだが、いやはや。

なんでもかんでも安請け合いするんじゃないぞ、と比良坂に言われそうだな、まあ今回の頼みごとをしてきたのは比良坂なんだけど、と、僕はぬるくなり始めた茶を流し込んだ。

さて。飲むそばから全身の水分が噴き出しているので、そろそろマンションの部屋へ帰るとするか。

飲みかけのペットボトルを鞄に入れ、立ち上がる。足を踏み出そうとした、そのときだった。

「……ん？」

気のせいか。周囲には誰もいなかったはずだ。生きている人間は、であるが。

すすり泣くような音と、ぶつぶつと、何かを囁き続けているような声。内容はわからない。ただ、僕はその泣き声に惹かれるようにして、木陰のベンチに腰をおろしたもの――ぼんやりと頼りなく、黒い光を放っているその人物に近寄っていった。

長い袖のシャツに、くるぶしまで届くスカート。うつむいた横顔を隠す、黒い髪。

歩み寄ってきた僕の気配に気づいてか、その人物はこちらに向かって顔を上げた。四十代、いや、五十代くらいの女性だ。若くして死んだんだな、と、その事情を思いやり、僕は刺すような胸の痛みを覚える。

「こんにちは。その――泣いていらっしゃる声が、聞こえたものです、から……」

よければお話を、と言いかけて、僕は言葉を詰まらせてしまった。

女性の膝の上でしっかりと握られた、両手の拳。その手の甲には、太く濃い毛が生えていた。節々のふくらみはごつごつとしていて、皮膚は日に焼けている。僕を見上げる女性の青白い肌とは、まったく違う見た目の腕だ。

初めて見るタイプの幽霊の姿に、僕は困惑していた。顔は確かに女性である。ほとんどの部分が服に隠れてはいるが、おそらくは、体全体も。しかし――両腕だけは、違う。

この女性の幽霊には、本人のものではない、おそらくは男性のものと思われる両腕が、くっついているらしいのだ。

「あなたは、誰、ですか――」

見上げる女性が、涙の残る声で問いかけてくる。僕ははっとして、いつもどおりの自己紹介をした。

「橋野昴と言います。ブリッジの橋に野原の野。すばるはおひさまの日の下に卯の花の卯と書いて昴、です」

女性はほんの少し目を細めて、僕の顔を見ていた。話ができない相手というわけではないらしい。

「お察しかと思いますが、僕にはあなたの姿が見えるんです。こうして会話をすることもできます。生きた人とはなかなかお話ができないと思いますので、もしなにかお手伝いできることがあれば……僕にできることなら、お話をお伺いしたい、と思って、声をかけたのですが」

そう言って、僕は少し自嘲気味に笑う。まったく、毎度のことではあるが、相手が生きた人間だったら「詐欺の類か」と疑われそうな台詞だな。

「お手伝い、ですか？」

不思議そうに聞かれて、僕はこくりと頷く。女性はその痩せた頬に、かすかな笑みを浮かべた。

「それじゃあ、少しだけ、話を聞いてください。あなたの体調が大丈夫そうなら、ですが――」

女性はどうやら汗だくの僕の様子を見て、気を遣ってくれたらしい。僕は鞄からペットボトルの茶を取り出し、微笑む。

「大丈夫です。ここは涼しいので」

「お座りに、なりませんか」

女性の幽霊は少し腰をずらし、隣に座るよう指し示してきた。少しだけ距離を置いて腰かけ、僕は相手の顔をそっと見る。

「知り合いの、家族の話なんですがね――」

女性が話し始める。その両手が、さらに力を込めて握られた。

「どこにでもいる、というか、平均的な収入の、平均的な庶民感覚を持った、『普通』の核家族を思い浮かべてください。父親がひとりに母親がひとり。娘がひとり。父親と母親は大学の同期で、卒業してすぐに結婚した。父親は中学教師に。母親もまた教師を目指して三年ほど小学校に勤めましたが、子供ができて退職しました。女の子です。そのあと母親は教師の道に戻ることなく、家事と育児に時間を割きながら、県の施設で働くことになります。娘は素直に育ち、学校の成績も悪くない。家には犬が一匹。奈良市内に車が一台止められるほどの駐車場付きの一戸建てを構えて、暮らしていました」

「平和な家庭、ということですね」

僕は相槌を打つ。女性はちらりとこちらを見て、淡々と続けた。

「はい。外から見ればなんの問題もない、平和な家庭であったと思います。けれど、その内側に何が渦巻いているか、それぞれの家族が何を抱えているかなど、外から見えるものではありません。けれど、見えないからと言って無視していいものではないんですよね。その家の娘は、しょっちゅう殴られていたんです。中学教師の父親に、ですよ」

心臓がどきり、と鳴る。前振りからして嫌な予感がしていたが、やはりそういう話になるのか。

「父親が娘を殴る理由は、どうでもいいようなものばかりでした。今日やる、と言ったことができていない。毎回繰り返すようなミスではないのに、たまたまできなかったことを責めて、ぶつんです。頬を平手で、ですね。娘が三歳のときからそれは始まりました。泣いて寝付こうとしない。歯磨き粉を洗面所に落とす。お友達にクレヨンを貸してあげなかった。計算ミスばかりのテストを持って帰って来た。母親を睨みつけた――いろいろ、ですよ。かわいそうに、娘は日常の細かいことに怯えながら生きていたんではないでしょうか。小学校の高学年に上がる頃には、親の『地雷』を踏むことも極端に少なくなり、なんの非の打ちどころもない、いい子に成長しました。それでも親は、目を光らせてたんですね。正してやろう。少しでも違和感を覚えることがあれば、それを徹底的に責めて直してやろう――と」

「ひどい――いや。すみません」

不意に言葉を挟んでしまい、僕は目を逸らす。つい自分の身の上に重ね合わせて話をしてしまうところだったが、慎まなければ。

「すみません。続けてください」

「いや、最低な父親でしたよ。どんな理由があれ、暴力ですから。それじゃあ母親は何をしていたのかって？　何も、です。娘を殴る夫を止めもせず、ただ見ていた。助けに入ることもなく、ただ傍観していたんです」

「……」

助けたくても、そうすることができなかったのかもしれない、と言いかけて、僕は唇を噛む。とにかく相手の言葉の続きを待った。

「娘はきっと許していないでしょうね。自分を殴った父親が、きっと憎くて仕方がないはずです。それでも父親と別れようとしなかった母親のことは、どう思っているんでしょう。とにかく、娘は成長して、父親と同じ教師になりました。今は立派に奈良市内の中学校に勤めています。けれど――けれど」

「先に死んでしまった身としては、娘のことが心配でたまらない。です、よね」

そう返した僕の顔を、女性の幽霊がはっ、とした表情で見つめる。やはり、そうだったのか。

これは、この人の「知り合いの家族」の話などではない。この人自身の話、暴力を振るう夫とその被害者である娘の話なのだ。

女性はうつむき、息を吐くような動作をした。口元に笑みを浮かべている。さっきの僕と同じような、自嘲の混じった微笑みだ。

「無責任なんですよ、私は。生きているときはとにかく家族の問題から逃げていたのに、心臓の発作でころりと逝ってしまって、ああ、死んじゃったのかと思って初めて、娘のことがかわいそうで、かわいそうでたまらなくなったんですから」

汗をぬぐい、僕はペットボトルのお茶を飲む。気温のせいか、また頭が痛くなってきた。

「私は——この腕が怖かったんです」

女性は握った両手を離し、その分厚い掌をじっと見つめた。右手の中指の先には、赤い跡が残っている。夫は中学教師をしていたというから、赤ペンのインクがしみついてしまっているのだろう。

「娘を殴る、この腕が怖かった。じゃあ相手から離れて逃げればよかったのに、それもできなかった。駄目な親、なんていう生易しい言葉では許されるものでもないんです。私はきっと、このあと地獄に落ちるしかないんでしょうね」

「それは——僕にはわかりません、が」

暴力を振るう夫に怯え、死後にまでその恐怖を引きずっている妻。

こんな姿の幽霊を見るのは、初めてのことだった。

顔も両足も、きっと体も女性本人のものなのに、その両腕だけが——別人のものだなんて。

頭は猿尾は蛇。足手は虎の如くにて。

まさに、「鵺」をほうふつとさせる姿ではないか？

比良坂が近々舞う予定である「鵺」と、その姿になぞらえられそうな、ひとりの幽霊。

清経――井田のときもそうであったが、不思議な縁というものが働いているように感じられる。何か、繋げられるものがあるかもしれない。

「僕にその娘さんのお名前と、どちらにいらっしゃる方なのかを教えてはくださいませんか。伝えられることがあると思うんです。あなたが心配されてる、と、ひとことそう伝えるだけで――娘さんも、救われるかもしれませんから」

しまった、と、僕は口をつぐんだ。相手の不思議そうな視線を受けて、慌てて返す。

「すみません。出過ぎた真似かもしれませんが、僕に何かできることはないかと思ったので……」

「そう、ですか」

女性の幽霊はふっと笑い、また両手を見つめる。

「そこまで言ってくださるなら、お願いをしたいですね。私の言葉は、娘に届かないようですので」

僕は頷く。女性の幽霊はさっきよりもはっきりとした口調で、続けた。

「娘の名前は、本庄那由香《ほんじょうなゆか》と言います。少し珍しい名前なのですが……ブックの本に庄屋の庄。数の単位の那由他、不可思議の那由、に香るで、なゆか。奈良市のあやめ池南という中学に勤めております」

　中学校の名を聞いて、僕はあっ、と声を上げた。今度、比良坂の公演を見に来る予定の学校ではないか。

「でしたら、僕、近々娘さんにお会いできるかもしれません」

「……どうして、ですか？」

「能楽の先生のお手伝いをいろいろとしているんですけど、その先生が奈良市内の中学生向けに能の公演をする予定なんです。そこに呼ばれる予定の中学校が、確か、娘さんがお勤めの学校だったと思いますので」

「そう、なんですか」

　興奮気味に言う僕に、女性の幽霊は消え入りそうな声で答えた。覇気がないように聞こえるのは、気のせいではないだろう。

「でしたら、こう伝えてください。『母親のことは、さっさと忘れなさい』と。私が言ったとは伝えずに、そう言ってほしいんです」

「あなたからの伝言だと気づかれないように、ということですか」

「ええ。難しいでしょうが――」

　確かに困難だが、やりようはある。それが相手の望みなら、と、僕も姿勢を正した。

「わかりました。なんとかやってみます」

「ありがとうございます。あなたは、親切ですね」

女性の霊は微笑んでいた。ごつごつとした両手はまた、固く組まれている。

確か三日後に「申し合わせ」——能におけるリハーサルのような集まりがあって、中学校の先生も何人か見学に来る予定だと聞いている。うまくいけば、そのときに本庄那由香に接触することができるだろう。

僕は一礼して立ち上がり、笑顔を見せる。

「できるだけ早く、娘さんにコンタクトを取ってみます。そうですね——娘さんの様子もお伝えしたいので、四日後の木曜の二時ごろに、またここでお会いすることはできますか」

「ええ、もちろん、待っていますよ。お願いします」

女性の幽霊はにこりと笑い、軽く頭を下げた。では、と僕は踵を返す。

汗をかいた背に、低い声が飛んできた。

「因果な人ですね。その性格では、楽には生きられないでしょうに」

視界がにじむ。

暑さにやられて、聞こえるはずのない言葉を聞いてしまったのかもしれない。

奈良ホテルのティーラウンジ。

窓の向こうを、二頭の鹿がゆっくりと散歩している。

たった今運ばれてきたばかりの紅茶を口にしながら、僕は背筋を伸ばした。一九〇九年に開館したこの老舗中の老舗に足を運ぶのは、二回目だ——学部の卒業式の日に謝恩会に交ぜてもらったとき以来だから、だいたい一年半ぶりか。

　初めて入ったときはエントランスの緋色の絨毯や上村松園の美人画、アインシュタイン博士が弾いたというピアノに感動したのだが、庭園に面したこのティーラウンジに入るのは初めてのことだ。ガラス窓に沿って置かれたテーブル席はアフタヌーンティーを楽しむ人で賑わい、落ちついた空間が心地よい人の声々で満たされている。

　僕は目の前のケーキに手をつける前に、正面に座った比良坂の顔を確かめてみた。比良坂は麻っぽい素材のオーバーサイズのサマーニットを着て、首元から白いコットンシャツの襟を覗かせている。視線をずっと窓の外に向けたままだから、今しがた歩いて行った鹿の尻尾でも観察しているのだろう。

「なるべく、現代ではなじみのない言葉を言い換えたりして――」

　フォークでモンブランを丁寧に崩しながら、僕は口を開く。ひと口目を頬張る前に、言葉を続けた。

「生徒さんにもわかりやすいように、まとめてみたつもりなんです。どうでしょうか」

　そこまで言ってようやく、比良坂は僕が差し出した「解説」のプリント原案を手に取ってくれた。穴が開くのではないかというほどにまっすぐな目で、その内容を追い始める。たっぷり三分ほどかけて千字の文章を読みきったらしい比良坂は、モンブランを食べ進める僕の顔を一瞥して、短く言った。

「上々だ」

僕は微笑んで、ちょっと顔を伏せてから「ありがとうございます」と言う。比良坂に褒められると、素直に嬉しい。ちょっと照れ臭いような気がするのは、なぜなのかわからないけれど。

「さすが、口八丁手八丁だけで学位を取得しているだけのことはある。君、研究者になるよりも能楽なりなんなりの解説本を出したほうがいいんじゃないのかね」

口八丁手八丁という言い方にひっかかりはあるが、とりあえずものすごく褒められてはいるらしい。僕はモンブランをきれいに平らげてから、こくりと頷く。甘さを抑えた栗の味が、口の中に優しい余韻を残していた。

「だといいなと、ちょっとだけ思っています。研究室に残るのが難しかったら、自分で文章を書いて食べていけるようになるとか——いろいろと将来のことは考えてるんですけど、やりたいことがわりと多岐にわたってて。ちょっと褒められたら、あ、向いてるのかな、そっちの道を目指そうかなって、ふらっとしてしまう感じなんです」

「幸せなことじゃないか。なるべきものの選択肢が与えられているなんて、それだけでずいぶんと自由な人生と言えるだろうからね」

そう言って、比良坂は自分の目の前に運ばれてきていたコーヒーを飲んだ。軽い口調ではあったが、その言葉の奥に込められた意味は、ずいぶんと深い気がする。比良坂流の宗家の後継ぎとして生まれた身。ぜったいに「ならなければいけない」ものがあって、ただそれだけに向かって走っていく人生とは、どんなものなのだろう。何も決められずに生まれてきた僕には、想像がつかない。かわいそう、なのか、守られていると言えばいいのか。当の比良坂は、平然とした顔でカップを傾けている。

「先生は、強いですよね」

「何の話だ」

ぽろりと漏らした僕に、比良坂がさっくりと返してくる。澄み切った紅茶をひと口含んでから、僕はちょっと明るい声で返した。

「いや、なんとなくです。考えとかをいろいろ聞いてると、芯が強い人なんだなって感じることがあるので」

あの日。

「救ってくれよ」と僕に言った比良坂は、寂しい笑顔を浮かべていた。何に対する救済を求めているのか。比良坂が苦しんでいるものとは何なのか。考えなければいけないことなのに、僕はその言葉と正面から向き合うことから逃げてしまっている。ただの冗談だった、と思いたいのだろうか。これほどまでに強烈な美しさを持ち、魂を燃やしながら「芸」に生きている人が、僕にすがるはずはない、と？　わからない——まだ、わからない。僕は比良坂の事情をほとんど知らない。ただ、ちょっとだけ、意図的に避けているのは事実だ。彼の心の奥底にある泥に、触れるのが怖い。その中から出てくるものが禍々しい剣なのか、美しい珠なのか、怯えて泣いている赤ん坊なのかが、まだわからないから。

比良坂は僕を、その黒々とした瞳でじっと、まっすぐに見据えてから、また窓の外に視線を投げた。僕はどきりとする。その一瞬の仕草に失望のような、諦観のようなものを感じ取ったのは――僕の、勝手な思い込みだ。そう、思いたい。

「……」

沈黙が僕らの間を満たして、周囲の話し声が浮かび上がってくる。足を組み、ずっと窓の外に顔を向けたままの比良坂に向かって、僕は語りかけた。

「先生。聞いてください。奈良公園で、ちょっと不思議な幽霊に出会ったんです。顔や体は女性なんですけど、腕だけが男性で――まるで『鵺』みたいな――」

登大路園地で出会った、不思議な見た目の幽霊。彼女の抱える事情と、未練。

語り続ける僕からは顔を逸らしたままで、比良坂はただ窓の向こうの景色を見ていた。膝に置いた手をときおり組み替えながら、ひっそりと、だが熱心にこちらの言葉に耳を傾けて。

2

基本的に、能の舞台というものは「一発勝負」だ。同じプログラムの公演を数日にわたって行うことはなく、囃子方やワキ方も含めた出演者たちが事前に何度も集まって、練習に励むこともしない。

演者たちは取り返しのつかない緊張の中、魂を燃やしてその舞台を務めあげる。リハーサルと呼ばれる予行演習もなく、細かい節回しや謡の調子を確かめるための「申し合わせ」があるだけ。

複数回公演の積み重ねで話題を広げ、収入を伸ばしていく昨今のエンターテインメントと比べると、ずいぶんと不利な興行の形態にも思える。

だが、だからこそいいのかもしれない。

その場その場でそのときにしかないものを見る、という点では、能楽は自然の神秘にも似ている気がする。何が起こるかわからない。役者たちはみんな真剣だ。一瞬の、切羽詰まった、ものすごい輝きをそこに見出すこともある。

能の舞台はとにかく象徴的で、引き算の芸術だと言われるが——極限まで何かを削らないと演じきれないものこそが、人を惹きつけるのだろう、などと思いながら、僕は明るいライトに照らされた舞台を見ていた。

七月。水曜日。今日はあと数日に迫った「鵺」の公演の申し合わせの日だ。

曲の確認そのものはもう終わっていて、黒紋付姿の比良坂が舞台の上で、ああでもない、こうでもないと若い男性に指示を出している。男性は洋服姿に白足袋という格好なので、中学校の先生か、この施設の関係者であるのだろう。

東大寺の参道近くには、五百人を収容できる大型の能舞台を併設した公会堂がある。僕は今その能舞台の客席から比良坂たちの様子を見ているのだが、比良坂能楽堂と比べてこの会場はとにかく明るくて、全体的に新しい印象だった。鏡板に描かれた松にも、どこかデザイン的な美しさを感じる。今回の公演で行われるのは鵺の一曲のみ。それに比良坂による解説と簡単な能楽体験をつけて、この能舞台で行うらしい。

「僕があの切戸口から出てきますから。マイクは持った状態で出てきますので、こっちを向いてですね……」

比良坂はさっきから解説のときの座り位置を何度も確認している。細かいことがとにかく気になる性格らしい。対応している先生、あるいは職員さんは、ちょっと困っている様子だ。

「紅ちゃんは駐車場に車を止めるとき、ミリ単位で車体がまっすぐになるように調節するタイプやな。あんなもんどこに座っとったって子供たち、たいして気にもしはらへんで」

「そう――ですね――」

つい返事をしてから、僕は慌てて振り返った。斜め後ろの席に、いつの間にかスーツ姿の男性……親しみを込めて「おじさん」と呼びたくなるような年齢の男性が座っている。きっちりとした服装に見えるが、スーツの襟から覗くシャツの色は真っ赤だった。

「知っとるか？　紅ちゃんな、昔、ボルボに乗っとったんや、ボルボ。なっがい白の車で京都のせっまい路地にある能楽堂に申し合わせに来たりしよるからな、お前それ車の鼻っつらのとこ切ったろか言うてからかったらな、あいつ『前切ったらエンジンなくなるんで動かんようになりますよ』って言い返して来よってな。それくらい知っとるっちゅうねん！」

比良坂の昔の愛車はボルボだったのか。「耳に穴」のエピソードと言い、なんだか意外な過去を垣間見た気がして、興味深い。が、それにしてもだ。

「ところで君、オッサン誰やねん、って言いたそうな顔しとるな」

そんなに失礼な口調でそう思っていたわけではないが、まさにそんな感じのことは考えていた。見覚えがあるが、誰だろう。ついさっき顔を見たはずだ。ぎざぎざにカットされた前髪に、鋭い眼光——掛け声に張りがあって、でも澄んだ音色が聞こえてきて——あっ。

「さっき、舞台で小鼓を打たれていた先生ですよね」

着物姿ではなかったので、すぐには気づけなかったが、間違いない。真っ赤なシャツの伊達男は、にやりと笑って胸ポケットを探るような仕草を見せる。

「相原庵《あいはらいおり》言います。荻《おぎ》流の鼓方をやらせてもろてますわ。まあ、名前だけでも覚えて帰ってくださいね」

まるで劇場に立った漫才師みたいな言い方をする人だ。僕は頭を下げて、ブリッジの橋に……といつもの自己紹介をした。

「橋野、昴くんね。覚えた。ところで君は紅ちゃんのなんなんや」

僕は比良坂の何なのだろう。とりあえず、弟子でも友達でもないことだけは確かなのだが。

「たぶん、なんですけど、雑用係みたいなものだと思います。今日も、申し合わせをするからとりあえず見に来い、と言われて、来ました」

「ははは、なんやそれは。おもろいやっちゃなあ」

　相原はまた胸ポケットを探る仕草をして、ちっ、と舌打ちをする。

「これ、もうどこ行ってもわるもん扱いされるからな、やめてんけど。未だに指が探しよんねん」

　どうやら煙草のことを言っているらしい。能楽師……舞台に立つ人は喉をいたわるためにタバコや酒などを遠ざけているイメージがあったが、なんと言うか、この人には煙草をおいしそうに吸ってほしいな、とも思わせる言い方だ。

「君、能舞台、見るのは初めてちゃうやろ。えらい食いついて見ててくれたけどな、申し合わせはおもろかったか？」

　僕はどんな顔をして、比良坂たちの申し合わせを見ていたのだろう。一曲を通して見た感想を、素直に伝える。

「なんというか、一回一回が真剣勝負なんだなって思いました。舞台芸術ってそんなものかもしれませんが、能ってその『この一瞬に懸ける』って情熱がすごい気がして。リハーサルであっても、すごい気迫なんですね」

　感情の入り方、囃子の演出、地謡の抑揚――すべてが素晴らしく、手に汗を握るほどだった。

　だが、と、僕は自分自身だけに向けて言う。申し合わせの舞台では、清経の能や班女の舞に見出した「異界」を見つけることはできなかった。装束や面をつけていないから、ということではなさそうだ。同じく紋付き袴姿で舞っていた班女を見たときには、シャーマンとしての比良坂の姿を見ることができたのだから。それが本番であるかどうか、が関係しているのかもしれない。

「めちゃくちゃすらすらと感想言えるやんけ。君に解説してもろたほうが、わかりやすくて子供たちも食いつくかもしれんな」

相原までもが、比良坂みたいなことを言う。なんだか嬉しいやら変な感じやらで、僕はにっこりと微笑み返した。

「相原先生は、比良坂先生のこと『紅ちゃん』って呼ぶんですね」

そういえば、比良坂のお弟子さんたちも比良坂のことを「紅ちゃん先生」と呼んでいた気がする。ずいぶんと可愛い呼び名に聞こえるが、何か由来があるのだろうか。

「ああ、僕らの間では珍しない。みんなだいたい小さい頃から知っとるからな。ほら、能楽のシテ方いうのはだいたいが世襲制やろ。同じ苗字の家族でやっとるからだいたい下の名前で呼ぶし、大人になっても小さい頃の呼び名が抜けんから、どうしてもちゃん付けで言うてまうんや――まあ、俺は紅ちゃんのことちっちゃい頃から見とるけど、紅ちゃんの場合はちょっと家庭の事情が事情やからな。複雑なんや」

「……複雑、ですか？」

「なんや、君知らんのか。まあ、知らんか……一応全国ニュースにはなったけど、一般の人が覚えとるようなもんでもないし」

どきり、と胸が鳴る。相原はふっと真剣なまなざしになって、続けた。

「比良坂流の先代な、紅ちゃんのお父さん。亡くならはったんや。事故で。六年前の話やけど、そのとき紅ちゃんはまだ東京のお母さんのとこにおった。別々に住んでたんや。紅ちゃんはだいぶ小さい頃にお父さんと別れて、あ、両親が離婚したわけやないで。東京の別の比良坂流のシテ方のところでけいこしよったんやな。親子で舞台に立つことはようあったし、先代も舞台の前には紅ちゃんにけいこをつけよったけど、いっしょにはぜったいに住まんかった。複雑なんや、とにかく」

「それは――」

頭に浮かんでくるさまざまな言葉が出ず、僕は口を開けたままで黙ってしまう。背もたれに身体をあずけなおした相原が、両目をしばたたかせた。

「まあ、気になるんやったらネットで調べてみ。紅ちゃんも、そのあたりは別に隠してはないようやし」

「最近は隠そうにもいろんなところから漏れますからね。インターネットとか、庵先生の口からとかね」

僕と相原は、同時に振り向く。比良坂だ。まだ紋付き袴姿のままだが、いつの間に。相原といい、能楽師というものは、いつもこうやって唐突に現れるのが好き――なのだろうか？

「庵先生の、タバコ臭い上に酒も臭い口からとかね。僕が昔ボルボを愛してたことまで、だだ洩れじゃないですか」

「なんや、舞台の上で聞き耳立てとったんか、難儀なやっちゃなあ。ところで紅ちゃん先生よ、お前はそんな服装で申し合わせに来《く》な、って、何回言うたら直すんや」

相原が笑い、比良坂も声を出さず、口元だけで笑う。親し気な雰囲気だ。相原が僕のことを目線で指し示して、気遣うような口調で言う。

「この子、紅ちゃんの手伝いをしよるんやってな。そんな話、したこともないんか」

「しないですよ。最近の若者は、お互いの事情なんかに深入りしないんです」

「やかましな。都合のいいときだけ若い若い言いよって」

相原は笑い、席を立つ。肩をほぐすように回しながら、軽い口調で続けた。

「ほな、おしゃべりなオッサンはそろそろ退散するとしますか。オッサン退散てな。あ、もしかしてあのぺら紙の解説書いたんは君か、昴くん。ものすごいようできとったわ。今度僕が主催する子供能楽教室のパンフレットも作ってくれへんかな。頼んます」

「あ……ありがとうございます！」

なんだかさりげなく用事を頼まれた気もするが、褒められたことは素直に嬉しい。笑顔になる僕と相原を交互に見て、比良坂がちょっと意外そうに言った。

「なんやふたりとも、短い時間でえらい仲よくなってるじゃないですか」

「おうおう、これがコミュニケーション能力の差いうやつや。うらやましいか——てなんや、なに嬉しそうにわろてんねん」

「いや。別に。昴は目上のもんに可愛がられるタイプなんやなと思っただけです」

急に呼び捨てで名前を呼ばれ、僕はとっさに比良坂の顔を見る。比良坂はこっちを見ず、軽く口角を上げたままで相原に視線を向けていた。

相原は「はっは」、と豪快な笑いだけを残して、手を振りながら去っていく。面白い人だ。

「いい人ですね」

自然に、そんな言葉が口から漏れていた。ふと見ると、比良坂は去っていった相原のほうではなく、僕の顔をじっと見据えている。

「先生、どうし――」

聞こうとして、もしかしたら比良坂はさっきの「秘密」を僕に知られたことを気にしているのかもしれないと思い立った。僕の表情からそんな心情を読み取ったのか、比良坂がふっと笑う。

「人の口に戸は立てられない。まあ、庵先生の口はいらないこともいることもよくしゃべる口だから、仕方ないがね」

一瞬だけ揺らぐ、黒い瞳。比良坂は明瞭な声で問いかけてきた。

「君、あの話を聞くのは初めてだったみたいだな」

僕は頷く。

「……すみません。先生の経歴とか、何も知らなくて」

「知る必要はないし、知りたいとも思わないだろうが」

比良坂が舞台に視線を向ける。次に僕のほうを向いたとき、その顔には片頬だけ笑みが浮かんでいた。

「知られたくないだろうと思っている相手が、その実知ってほしいと思っていることもある。もちろんそれは知られたくないという気持ちと表裏一体だ。だとしたら、知るべき相手はどうすればいいのか、という葛藤が生まれやしないかね」

「禅問答ですか」

「これが禅問答に聞こえるなら、君はもう一度友達の作り方を学びに幼稚園へ行きなおしたほうがいい。至極単純なことだよ」

「すみません。僕――」

一瞬だけ言葉を詰まらせ、僕は首を軽く振る。

「そういうことに、すごく鈍いんです」

比良坂はもう笑っていなかった。ふっ、と顔を逸らし、また舞台を見つめ始めた横顔に、僕はずきりとした痛みを感じる。

何だ？

何だかよくわからないが、僕は比良坂を傷つけてしまった気がする。

「比良坂先生――」

僕、何かまずいことを言いましたか、と言いかけたところで、また背後に人の気配を感じた。今度は比良坂と同時に振り返る。

「あ、申し訳ございません。お話し中でしたか」

「――」

直感で、わかった。

黒々としたミディアムボブの髪に、整った眉。襟付きの白いシャツに、ひざ下まである柔らかな素材のスカート。黒いパンプス。そしてこちらをまっすぐに見ている、まなざし。間違いない。細い鼻梁にも、はっきりと面影がある。

「私、あやめ池南中学校の本庄、と申します。さきほどはどうもありがとうございました。舞台を拝見いたしましたが、本当に素晴らしいもので……」

この女性だ。本庄那由香。奈良公園で僕が出会った、男性の両腕を持つ幽霊――本庄の、ひとり娘。

那由香は僕と比良坂の顔を交互に見ながら、申し合わせであっても比良坂たちの舞台にいたく感動したこと、子供たちに本番を見せるのが楽しみであること、能楽体験で子供たちにいろいろなことを学んでほしいのだが、そのためには事前に授業などで何を教えておくべきかの質問などを、すらすらと話し続ける。姿勢はまっすぐで、委縮したような感じもまったく見られない。凛とした人だ、という印象を受けた。

この人が、殴られていたのだ。

あのごつごつとした手に、何度も暴力を振るわれてきたのだ。

比良坂はそんな那由香の話を、頷きながら聞いている。弟子や観客を見るときの彼の顔は、恐ろしく美しく、そして優しい。

那由香が話し終わるのを待って、比良坂は笑顔を見せた。低く、静かな響きで相手に言葉を返す。

「当日は僕、能楽体験のほうは手伝えませんが、僕の先輩たちがしっかりと指導をいたしますので、生徒さんのほうは知識ゼロで来ていただいても構いませんよ。真っさらな状態から、その子たちが何を感じるのかも知りたいですし」

那由香は笑って、そうですね、何の色眼鏡もかけていない状態で見て、体験してもらうのが一番かもしれませんね、と答えている。熱心な先生だ、という印象しか受けない。なぜ彼女は、自分を殴っていた父親と同じ道を、選ぶようなことをしたのだろうか。

「まあ、予備知識なしと言っても、曲のおおまかなストーリーを知っておいたほうが楽しめるとは思いますのでね——リクエストどおりにあらすじを書いたプリントを作りましたがね、どんなもんでしょうかね、あれは」

「ああ、拝見しました。とてもわかりやすいし、子供たちも喜ぶと思います」

比良坂の言葉に、今度は那由香が笑って答える。比良坂も笑い、僕のほうに視線を投げて、続けた。

「あれね、彼が作ったんですよ」

急に話を振られて、僕はえっ、と声を漏らす。まあ、と微笑む本庄に、初めはうまく言葉が返せなかった。

「そうなんです――すみません――僕、大和女子大学の学生で、まだ能楽を専門に研究しているわけではないのですが、その、比良坂先生のお手伝いをしていて」

「大和女子大の学生さんだったんですか。ご専攻は日本文化史ですか？」

「は、はい。幽霊の文化史だとか、そういうものを研究しているので」

「いいですね。私も学生時代は日本文学史や文化史の授業をよく取ってたんですよ。研究者になるのもいいな、と思ったんですけど、家の事情で院への進学が難しいところもあったものですから」

那由香の口から、「家」の一言が飛び出す。

僕は胸に冷たいものを感じていた。この流れで、女性の幽霊から預かった言葉を伝えるべきではないのか。今しかない。どう伝えるべきか、シミュレーションもしてきたではないか――。

「……」

なのに、僕は言うことができなかった。

僕はあなたのお母様の知り合いなんです。昔、母があなたのお母様にお世話になっていたご縁があって、あなたの話もよく聞いていました。お母様は優しい方で、子供の僕にも分け隔てをすることなくお話をしてくれました――相手が子供だからこそ、お母様はいろいろと言いにくいこともお話ししてくださったのかもしれません。

もし私に何かあったら、私のことは早く忘れてしまいなさい。娘にはいつかそう伝えるつもりなんですよ、と、お母様は生前にそうおっしゃっていました。

お母様がどんな意図でそうおっしゃったのかはわかりません。けれど――ずいぶんとあなたのことを、あなたとご家族との関係のことを、心配していらっしゃったようでしたから――。

用意していた「嘘」が、その中心にある真実が、伝えたい言葉が、まったくと言っていいほど出てこない。

僕はどんな顔をしていたのだろう。本庄は少しだけ身構えるような様子を見せて、すぐに優しく笑う。僕と、黙っていた比良坂に頭を下げ、その場から立ち去っていった。

「それでは先生方、本番はどうぞよろしくお願い申し上げます」

本庄のまっすぐな背中が、片側だけを開け放した扉の向こうに消えていく。

僕は視線を落として、自分のつま先を見るともなく見ていた。

隣にいる比良坂が、こちらを見ている気配がする。ふっ、と息を吐く音に続いて、低い声が飛んできた。

「今日はずいぶんと物静かじゃあないか？」

顔を上げる。

比良坂は流すような視線をこちらに寄こして、また静かに言った。

「あの女性が、君が昨日奈良ホテルのラウンジで話していた幽霊の娘さんなんだろう？あのまま帰してよかったのか。おせっかいの君にしては、らしくない消極的な態度だったじゃないか」

比良坂は僕が本庄に言おうとしていたことを、察していたのだろうか。いろいろなことが頭をぐるぐる回って、よくわからなくなってくる。

「そうですね。本当に――」

誰もいない能舞台は、白々とした照明に照らされている。

神も人も立っていないその木の「結界」が、不思議に遠く見えた。

「僕、どうしちゃったんでしょう」


約束の木曜の午後二時に、僕はまた登大路園地を訪れていた。

「こんにちは……今日も、暑いですね」

相手が幽霊で、暑いも寒いも感じない身であることは、わかっていた。けれど、自分がもし相手の立場だったとしたら、生きている人には生者と同じ挨拶をしてほしい。僕はそう思って、いつも「普通の」言葉をかけている。

女性の幽霊――本庄那由香の母親は、そんな僕の挨拶を聞いて、微笑んでくれた。どうでしたか、と聞いてくる様子はない。地上に留まっているのに、不思議と執着や未練を感じさせない幽霊だ。

「本庄那由香さんに、お会いしました。公演のリハーサルがあったので、そのときに向こうから話しかけてくださったんですが、お元気そうでしたよ」

「そうですか。元気、でしたか」

那由香の母親が、また穏やかに笑う。遠くに住むひ孫の様子を聞かされたような反応だ。

「それで――お願いされた件、なのですが」

木陰で草を食んでいた鹿が、慌てたように走り去っていった。観光客に驚かされでもしたのかもしれない。

「すみません。お伝えできなかったんです。自然に受け入れてもらえるように考えてはいたのですが、いざご本人を前にしたら、どうしても伝えることができなくて」

「そうですか」

非難の色も、疑問のニュアンスも混ざっていない返答だ。

今日もまた、日中の気温は三十五度を超えるらしい。僕は額の汗をぬぐい、続けた。

「那由香さん、すごくいい先生だな、と思いました。少しお話ししただけですが」

「私たちと同じ道を選びましたからね、あの子は」

那由香の母親が、少し遠い目をする。自分が言いよどんでいた理由がわかった気がして、僕は言葉を返した。

「那由香さんに、『死んだお母さんのことは忘れなさい』と言うのは、酷な気がしたんです」

ふっと、投げられる視線。平坦な印象だった相手の反応に変化があった。

「すみません。僕には那由香さんやお母さんのことも、ご家庭の事情もよくわかりませんが、深い関わりのある人を忘れろ、と言うのは――なかなか難しいこと、だと思いますので」

「あなたは、幸せな家庭に育ったのでしょうね」

那由香の母親は、まだ穏やかな笑みを浮かべている。

「でもね、いるんですよ。とっとと捨てちゃったほうがいい親なんて、世間にはいくらでもいるんです。そういう親に限って子供にしがみついていたりしてね、愛してるんだから、なんて言葉をかけて、余計に縛り付けて。複雑なんですよ、とにかく」

「那由香さんにとって、育った家庭のことはつらい思い出だから――」

声を詰まらせてしまって、僕は唾を呑む。家庭、という言葉に、いちいち過剰反応しちゃだめだ。わかってはいても、言いよどんでしまう。いい家庭。悪い家庭。親と子の関係。いろいろなものを呑みこんで、ようやく言葉を続けた。

「自分の幸せのためには、親のことなど忘れてしまいなさいと、そう伝えたかった、ということでしょうか」

「一言一句たがわず、まさにその通りですよ。那由香は私たちのことなんて忘れたほうがいい。親だから、愛してくれたこともあるからなんて、考えなくていいんです」

「……わかりました」

それが相手の望むことならば、僕には何も言う権利がない。ちゃんと伝えよう。次に本庄那由香に会ったときに、この母親の言葉を誤解のないように伝えるのだ。

「また舞台の本番で、那由香さんにもお会いすると思います。そのときには必ずお伝えしますので、待っていてください」

「ありがとう。お任せしますよ」

「あと、もしよければ――本庄さんも、その舞台を見に来てください。次の火曜、午後一時に、本番があります。那由香さんのお顔も見られると思いますので」

僕が本庄那由香に母親の言葉を伝えれば、この母親は成仏してしまうかもしれない。その前に、娘の顔を一目でも見ておいてほしかった。

もうひとつ。暴力に怯えて主人の両腕にとりつかれたこの姿と、複雑な姿をした怪異、鵺には、どこか通じるものがある気がする。

僕は物心ついたときから、「縁」というものを信じて生きてきた。

比良坂の舞う鵺が、この母親の霊にも何かをもたらすのではないか。それがよい影響となるのならば、母親自身の救いに何かが繋がるのならば、ぜひともその場に来てほしい。

「そうですね。あなたがそう言うなら、そうしましょう」

那由香の母親はまた微笑み、ごつごつとした手を差し出してくる。僕がそれを握り返そうとしたところで、相手はその腕を引っ込めた。

「握手は、やめておきましょう。あなたを傷つけるといけませんから」

幽霊の力が、生きたものの肉体を害することなどあるのだろうか。彼らの身体に触れたことはないので、わからない。

「わがままついでに、橋野さん。もうひとつ頼まれてはくれませんか」

「――はい」

僕は答える。こちらを見上げた那由香の母親が、光のない瞳をして言った。

「私の言葉を伝えたら、一か月でも、それより少し長くても構いませんので、とにかく少し間を置いて、那由香の様子を見に行ってやってほしいんです。奈良市の紀寺町《きでらちょう》○○番地に、家がありますから。あなたになにもかも頼むようで申し訳ありませんが、どうか、よろしくお願いいたします」

那由香の母親が、深々と頭を下げる。

僕はそんな相手の様子を見て、ただ「わかりました」とだけ言葉を返した。

3

公演の日。外は危険なほどの「快晴」だが、冷房の利いている見所はほどよく涼しく、心地よい空気に満ちていた。

席を行儀よく埋める中学生たちの後ろ姿を見ながら、僕は正面席後方の壁際で静かに舞台の始まりを待っていた。比良坂は僕に「解説を聞け。君が知りたがっていたことがわかるはずだ」とだけ言って、楽屋に引っ込んでしまったのだ。学生たちの案内を少しだけ手伝いはしたものの、教師たちの引率がしっかりとしていたせいか、役に立ったという気があまりしない。

僕はそっと視線を投げ、ワキ正——舞台を正面から見て左側にあたる席だ——後方に立つ本庄那由香の姿を確かめた。グレーのスーツ姿の那由香は、生徒たちの様子に目を光らせながらも、ときおり舞台に目をやっている。教師としての彼女の姿に、母親の語る「娘」の面影は感じられない。

公演の前に、彼女を探して声をかけることはできなかった。

僕は少しだけ顔を伏せる。新しくした革靴のつま先を見ていたところで、周囲の空気が変わる気配がした。

マイクを持った比良坂が、まっすぐな姿勢で、緋毛氈に向かって歩いてきている。どこにともなく一礼をして、比良坂はその毛氈の上に腰をおろした。頬に、人懐っこい笑みが浮かんでいる。その姿を見てか、一部の生徒からちょっと浮かれた声が上がった。かっこいいですよね。でも、その人わりと扱いづらい性格なんですよ、と心の中でつぶやいて、僕はちょっとだけ口元をほころばせる。舞台の上の比良坂はそんな生徒たちをさっと見回して、口を開いた。

「ええ、こんにちは。今日の解説とね、このあとの『鵺』っていうお能の主役を務めます比良坂紅苑と言います。みんなこんな馬鹿みたいに暑いときにここまで歩かされて、もう帰りたいとか思ってるかもしれませんけどね、安心してください。まだあと十二時間くらい帰しませんから」

見所のあちらこちらで笑いが起こる。中には、冗談めかして「ええーっ」と声を上げる子もいた。

「とはいえお腹もすくやろうし二時間ちょっとで終わらせましょうね……さてさて、というわけで解説を五分くらいで済ませようと思うんですけど、どうかな。『鵺』っていう名前、聞いたことがある子はどれくらいいる？　ちょっと手を挙げてみて」

周囲の様子を窺いながらではあったものの、ほとんどの子が手を挙げたことに、僕はびっくりした。学校で事前に予習をしてきたのかと思ったが、そうではないようだ。

「やっぱり、すごいね、ええと。なんて言うたのかな。今流行ってるやつ。ヨーヨー・マみたいな名前のアニメ、だったか漫画かな」

「妖々魔界です」「アニメも漫画もあります」「漫画が先でアニメがあと」と答える声が、見所のあちらこちらで上がる。流行りものに疎い僕でも、名前は知っていた。確か、妖怪に育てられた子供が仮想平安時代の京都を守る……という設定ではなかったか。

「それそれ、どうもありがとうね。そのアニメの主人公の友達が、鵺なんでしょ？　普段は人間の姿をしてるけど、戦うときには妖怪の姿に戻って強くなるやつ。僕、恥ずかしながら最近までこのアニメのことを知らなくて、まわりの人に教えてもらったんやけどね。あ、このアニメに興味がなかったわけとちゃうよ。僕、こういうの詳しくないんだ。ほら、国民的アニメって言われる青いロボットのキャラクターがいるじゃない。あれ、本気でどこかのご当地キャラだと思ってたからね」

比良坂の発言を冗談ととったのか、また見所で笑い声が上がった。流行りものにとことん疎い、か。いろいろと変わっている比良坂のことだ、あながち嘘ではないのかもしれない——とはいえ、僕も似たようなものだ。妖怪や幽霊を研究している身としては、ちゃんと最近のアニメ作品などもチェックしておかなければ、とよく思う。

「そう。『鵺』って妖怪ならみんな知ってるかな——と思って、今回の公演に『鵺』を選んだ……というわけでは、実はないんです」

見所がぴたりと静まり、学生たちが比良坂の声に集中する気配がした。僕も手を組みなおす。比良坂はふ、とひとつだけ呼吸を置いて、『鵺』のあらすじを語り始めた。

諸国を旅する僧侶が三熊野詣でから都へ帰る途中、摂津国——現在の兵庫県にあたる地域の、芦屋というところにつく。怪異が出るぞ、と言われている洲崎の御堂で一夜を過ごしていると、まさに、人間とは思えない男が丸木の船に乗って現れた——何者だ。僧侶は問う。近衛院の時代に、源頼政という武士の矢にやられた妖怪、鵺の亡霊だと男が答える。前場でこうして亡霊や神が人間の姿、化身として出てきて、後場で本性を現す形式のことを、「複式夢幻能」という。鬼神や亡魂の類を扱う能の、ある種完成された形式なのでぜひ覚えて帰ってほしい……。

「そう、前半には退治された妖怪の化身である男が。後半ではその正体である鵺が出てくるんですけどね。現代の映画や演劇や、アニメを見慣れた僕らにはおかしいと感じる部分があるんです。前半にも後半にも、鵺を退治した頼政は出てこない。けれど、鵺を退治するときの様子は、曲の中でこれでもかというほど詳しく描かれているんですね。では、その退治の様子を再現してみせるのは誰か？　これが、鵺、本人なんです。矢を射られてやられる側の視点じゃなくて、矢を射て仕留める側の視点に立って、自分がやられたときの様子、そして褒美を受け取る頼政の様子まで、生き生きと語ってみせるんです……」

複式夢幻能の中では、化身として登場したシテが自分自身に関わるエピソードを語ることも珍しくはない。

しかし、この能におけるシテは——鵺の亡霊は、自分自身が排除されたときの様子を、排除した側の視点で語りつくしてみせるのだ。そこには作劇上の都合というものを超えた、「何か」がある。語らなければいけなかったもの。語らなければ、救われなかった魂。

「それがどういう心情かっていうのは、僕らにはわからないんですね。光が当たるものと、光が当たらないもの。とてもはっきりしている。明らかに光が当たらない側である鵺は、うつほ船っていう船に押し込められて、恐ろしい、怖い化け物だとみなされ淀川に流されたときのことを、痛々しく語るんです。ＳＮＳというものが普及したせいで、幸せな人とそうでない人との明暗がはっきりして、そうでない人はただ闇に隠れるしかない——とか、僕はそういう感情を鵺という曲に重ねているわけやないんですよ。ただねえ、複雑、でしょう。この鵺ってやつは。そもそも姿形からして、猿なんだか、虎なんだか、よくわからない。声が鵺っていう鳥に似ているから、鵺って呼ばれてるだけでね、そいつ自身はそもそも名前すらないいんですよ。この複雑さ、曖昧さなんです。みんなに見てもらいたいのは。君にはこれが何に見えるかい？　って。退治されたかわいそうな妖怪かな。妖々魔界っていうアニメを知っている子には、ダークヒーローに見えるかもしれないね。なんで自分がやられたときのことを、必死で語るのかな？　なんでかな。よくわからない……よくわからないこと、って、怖いでしょう。そう、鵺ってやつは、怖いんですよ。つかみどころがなくて、そいつ自身の本性を見せなくて。正体不明なんです。だから、怖い」

正体不明のもの。言葉を切った比良坂が、ふと、僕の顔を見据えた気がした。

僕はそこから視線を逸らし、また本庄那由香の様子を確かめる。那由香もまた、比良坂の話に聞き入っているようであった。その横顔は——とても、似ている。娘のことをひたすら思い、自分のことを忘れてほしいと繰り返していた、母親のものに。

しばらく口を閉ざしていた比良坂が、ふ、と口角を上げて、また語り始めた。

「だからこそ僕はね、中学生っていう複雑な年齢の君たちに、このお能を見てほしいと思いました。いろいろ解説しましたけどね、こんなんみんな忘れてもらっていいんです。真っさらな気持ちで見てください。見る目に曇りがあると、大事なものだとか、本当のことだとかを、見逃してしまいますから……ええ。では、ここまでにしておきましょう。でも、もっと詳しく知りたいな、という子は、配ったプリントにある解説を見てね。では」

一礼し、立ち上がった比良坂が、舞台端の切戸口から出て行ってしまう。入れ替わりで出てきた人物——相原庵が、にこにことした笑みを浮かべて、能楽体験教室の案内をし始めた。鼓を打ってみよう。面をかけてみよう。あらかじめ選ばれ、準備を済ませていたらしい七人の生徒たちが、制服に白い足袋を履いた姿で舞台に現れる。

鼓の構え方や、打ち方。すり足のやり方。面をかけた状態での、視界の悪さ。

生徒たちは少し照れ臭そうにしながらも、楽しんでいる様子であった。那由香は見所の監督を担当しているのか、体験教室が始まってもその場から動く気配がない。僕はときおりその様子を確かめながら、次第に高まってくる鼓動を抑えようとする。

比良坂が語った、鵺という存在の「曖昧」さ。

真っさらな目で見ろ。見る目に曇りがあると、大事なものだとか、本当のことだとかを、見逃してしまうから。

ここに至るまで、僕はあの女性の幽霊の抱える問題を、何ひとつ解決できていない。いつもなら、もっと「おせっかい」に、積極的にできるはずなのに。

なぜうまくできないのか、ここ数日ずっと考え続けていた。思い当たる節はある。ただ、それを自分自身で認めたくないだけなのだ。

二十分ほどで体験教室は終わり、舞台に立っていたシテ方や囃子方、生徒たちが退場していく。十分ほどの休憩を挟んで、「鵺」が始まる予定だ。那由香は生徒にトイレの場所を教えたり、他の教師となにやら話をしたりして、手のすく気配がない。僕はその場からじっと動かず、ただ黙って時間を過ごしていた。

やがて、揚げ幕の向こうから、細い風のような笛の音色が聞こえてきた。澄んだ鼓の音。カン、と響き渡る大鼓。弾む太鼓。囃子方がおのおのの道具の調子を合わせる、「お調べ」だ。着席を促すアナウンス。

舞台が、始まろうとしている。

能舞台には、舞台全体を覆い隠す「緞帳」にあたるものはない。舞台全体は初めから観客の目にさらされていて、幕らしきものがあるのは橋掛かりの先だけだ。コーラスにあたる地謡は舞台右奥の小さな戸、「切戸口」から入ってくるので、どこからが舞台の始まりで、なにをもって開幕とするのかがよくわからない、という声も聞く。号令や、明確な仕切りのない「はじまり」。世界とは、そういうものなのかもしれない。過去と現在、生と死の境界すら曖昧なままで、舞台は自然と物語の中へ入っていく。

舞台の上に囃子方、地謡が揃い、遠く響く風の音色のような「次第」の囃子と共にワキである旅の僧が現れる。

「三熊野詣でを終えて、都へ帰るところだ」。詞章で謡われる、旅の行程。能は言葉と囃子だけで背景を巧みに描写し、場面転換を終えてしまう。ひとり旅をする僧の声が、荒涼とした漁村の様子を美しく謡いあげていた。

旅の僧は地元の人間に宿を乞うが、断られてしまう。怪異が出るという噂のある洲崎の御堂で、夜を過ごすことになる僧。ゆったりと、どこか不気味な響きで、「一声」の囃子が奏でられる。揚げ幕が上がる。黒々とした髪を振り乱し、怪士《あやかし》の面をかけたシテ——船人が、音もなく橋掛かりを進んでくる……。

悲しきかなや身は籠鳥。心を知れば盲亀の浮木……。

仏果を得られない身、闇に押し込められた身の悲しみを謡いながら、シテは丸木船を漕ぎ寄せてくる。実際に船の舞台装置が出ているわけではない。シテは足の運びだけで、水面を滑る船の動き、腐りかけた木のにおい、饐えた潮風までも表現しなくてはならないのだ。

紺の襟に暗い色の水衣、着流しのいでたちをしたシテ——比良坂の肉体は、遠く時代を隔てた怪異の魂魄と、ぴったり重なり合っていた。面の瞳には、金の環《わ》がはめられている。この世ならざる者の象徴だ。わがままで、食わせ物で、それでも生きた人間としての美しさを持った「比良坂紅苑」という人物の面影は、そこにはない。能楽師は面をかけ、装束をまとうことで、完全に物語の中の人物、鬼神へと変容する。

比良坂は今、鵺という怪異の化身そのものなのだ。

不思議やな夜も更方《ふけがた》の浦波に。幽《かす》かに浮かみ寄る物を。見れば聞きしに変わらずして——。

噂どおり姿を現した怪異を不審がる旅僧に、自分はただの塩焼きをなりわいとする者だ、何を怪しく思われるのか、と返すシテ。伊勢物語の歌を引いてなされる問答。やはり人間には見えない。あなたはいったい何者なのだ――再度問われて、シテである船人はようやく正体を明かす。
自分は近衛院の御代に、源頼政の矢先にかかって退治された「鵺」の亡魂だ。自分がやられたときの様子を語るから、どうか跡を弔ってはくれないか……。

さても近衛の院の御在位の時。仁平の頃ほい。主上夜な夜な御悩あり――。

膝立ちのままで、当時の様子を語り始める「鵺」の亡霊。この瞬間、視点は鵺そのものの主観から第三者的なナレーション、そして頼政自身の目線から見た、鵺退治の様子へと切り替わっていく。やられるものとやったものの境界が、曖昧になる構成。
選び出される頼政。彼は猪早太という部下をただひとり連れて、怪異が現れるという刻限を待つ。謡と、最低限の所作だけで表される「その夜」の緊張。黒雲に御殿が覆われる。噂どおりだ。頼政は弓を構え、八幡大菩薩に祈りを捧げる。相手は正体不明の怪異だ。打ち損じることは、許されない――放たれる矢。手ごたえは、確かに、あった。どさり、と何かが落ちてくる気配。猪早太が駈け寄る。何度も刀で差し、念入りにとどめを刺す――。

さて火を灯しよく見れば。頭は猿尾は蛇。足手は虎の如くにて。泣く声鵺に似たりけり。恐ろしなんども疎かなる形なりけり……。

恐ろしい、怖い、などという言葉では表せないほどに不気味な怪異の姿が、そこにはあった。はたしてそれは猿なのか。虎なのか。人間の妄執が具現化した姿でもあるのだろうか？　よく、わからない。

ただねえ、複雑、でしょう。この鵺ってやつは。

僕はさきほどの比良坂の言葉を思い出して、唾を呑む。この鵺というものの本質が、さっぱり見えてこない。ヒトの姿をした怪異の化身。自らの最期を、殺した側の視点で語ってみせる、その悲しき姿。そして――装束をまとう比良坂の姿、鵺の化身として現れた亡霊であるシテの姿に重なって見えるのは、確かにあの人だ。

男性の両腕を持った女性の幽霊が、シテの肉体にぴたりと寄り添っている。まるで鵺という曖昧な化け物の亡魂が、その魂と融合してしまったかのように。

浮かむべき。便渚《たよりなぎさ》の浅緑。三角柏《みづのかしわ》にあらばこそ沈むは浮かむ縁ならめ……。

仏果を乞うシテの謡を聞きながら、僕は身震いしていた。比良坂は装束をまとい、面をかけて、能楽の中の鬼神や亡魂をその身に「おろす」。そこにまた、僕が招き導いた幽霊たちの姿が重なる。人ひとりの身に、三つの魂が重なり合った状態でいるのだ。曖昧になっていく個性。境界を失う人格――。

比良坂は、いや、僕は、とんでもないことをしているのではないだろうか。

夜の波に。浮きぬ沈みぬ見えつ隠れ絶え絶えの。いくへに聞くは鵺の声。恐ろしや凄まじやあら恐ろしや凄ましや――。

鶫《トラツグミ》の不気味な鳴き声と共に、シテが橋掛かりから揚げ幕の先へと姿を消す。入れ替わりに里人である狂言方がやってきて、ワキの旅僧からこれまでのいきさつを聞く――複式夢幻能では前場でシテがいったん退場したあと、その装束や面のつけかえの時間をとるために、狂言方がシテの怪異や人物にまつわるエピソードを語って聞かせることが多い。能の曲の中でこのような役割を務める狂言方のことを、「間狂言」という。狂言方は独立した演劇としての狂言を演じる以外にも、能の中で重要な役割を果たしているのだ。

間狂言の語りが終わり、舞台にはワキの旅僧だけが残される。

御法の声も浦波も……みな実相の道広き……法を受けよと夜と共に……。

夜闇に響く読経の声。やがて暗い水の底から浮かび上がってくるように、揚げ幕の向こうから――「化け物」としての正体を現した後シテ、鵺の亡霊が現れる。

赤く振り乱した髪に、目と口を大きく開いた「猿飛出」の面。ぎらぎらとした法被は虎の手足の象徴であろうか。「清経」のときの貴公子然としたいでたちとは違って、その姿は異形そのものである。この中身が比良坂であることを思うと、背筋に寒気が走った。人は、こうまでも完璧に、人としての皮を脱ぎ捨てられるものなのか？

さてもわれ悪心外道の変化となって……仏法王法の障りとならんと──。


紡ぎ出される謡は低く、かすかに震えていて、暗闇に鳴く鵺の声を思わせた。

悪として生まれ、悪として退治されるべき運命に甘んじることしかできなかった、外道のものの悲しさ。

鵺の亡霊はもう一度、自分が頼政の矢先にかかって命を落としたときのことを語ってみせる。今度は「射られた」者の視点で、天罰だ、とその所業を悔やんで。死んだ今ならわかる。自分はこうなるべき運命であったのだと──。

(だが、どんな言い訳をしても、許されるわけではない)

「鵺」と成り果てた比良坂のものとは明らかに違う声を聞いて、僕は一瞬息を呑んだ。

どこかで聞いた覚えがある。登大路園地で出会った、木庄那由香の母親の声ではないか？

いや、違う。口調が似ているような気はするが、今聞こえてきたのは確かに、男性の声だ。

舞台から聞こえてきた──本庄那由香の母親の霊がとりついているはずの、比良坂の身体の、その内側から響いてくるような声だった。思わず視線をめぐらせる。

ワキ正後方に立つ本庄那由香もまた、目を見開いて舞台を見つめていた。

(悪かったね、自分ではどうしようもなかったんだ、などと言っても、那由香には関係のないことじゃないか。那由香、あなたはきっとあらゆるものを恨んで育ったんだろうね。ごめんなさい、止めることができなかったんだと言っても、許されるものじゃないだろう。あなたが殴られたことに変わりはないんだから。怯えながら育ってしまったことに、変わりはないんだから)

舞台の上の鵺は、また「頼政」の視点となり、褒美の剣を賜ったときの様子を舞い、謡い、演じてみせている。ほととぎす。名をも雲居に揚ぐるかなと。弓張月のいるにまかせて——称賛され、光を浴びる勝者。その姿との残酷な対比を見せる、敗者である鵺の亡霊。

頼政は名を揚げて。我は名を流すうつほ舟に。押し入れられて——。

大罪をおかした化け物に、墓など作られはしない。疎まれ、忌まれ、鵺の亡骸は木の船に押し込められたまま、汚らわしい、と淀川に流される。よどむ……流れる。つま先立ちで舞台を滑り動く「流れ足」が、その黒い水の流れと、それに呑まれる鵺の無念をよく描き出している。ゆらゆらと揺れながら、朽ちて腐っていく体……「流れ足」は相当に難しい所作なのだと聞いた。その足先の動きだけで、比良坂は深く、どす黒い川のよどみまで表現してみせるのだ。黒く流れる……何も見えない。流れ着いた先で、その身は船と共に朽ち果てていく……。

月日も見えず、冥《くら》きより冥き道にぞ入りにける――。

(那由香、私の心残りは那由香だけなんだ。自分は罰を受けて当然。成仏なんかできなくていい。だが那由香には自由になってほしい。光を見てほしい。死んでしまってごめん。あんな場所に、那由香を置いて、死んでしまってごめんなさい――)

遥かに照らせ。山の端の、遥かに照らせ山の端の月と共に。

(だから那由香、この声が聞こえているなら、どうか忘れて。父親のことも母親のことも忘れて、あなたはどうか、自由に、自由になってください)

海月も入りにけり海月と共に入りにけり。

舞台の上の「鵺」は、かすかな月の光を求めるようにして、橋掛かりを駆け抜け、揚幕へと向かって扇を掲げるような動作をした。幕の向こうの「あの世」を、苦しみから逃れられる世界を求めるかのような仕草。切実な、救済への渇望。

(私はそうなることができなかった。最期まで、とうとう逃げることができなかったんだから)

低く痛々しい響きの声が、細い余韻を引いて、笛の音と共に薄れていく。

踏み鳴らされる足拍子と同時に、小鼓の音も、大鼓の音も止まる。その瞬間、僕は鵺の亡霊と同化していた何か――おそらくは登大路園地で出会ったあの奇妙な幽霊と思われるものが、すっと抜けていくのを感じていた。成仏なのか、あるいは地獄のようなものに引きずり込まれたのか、それはよくわからない。ただ、気配だけが薄くなり、遠ざかっていく。袖を翻して、揚幕の向こうへと消えていくシテの姿と共に。

長い余韻があって、囃子方と地謡が舞台から引き始めた。どこからともなく起こる拍手。ばらばらと、雨のように響く音の中で、僕は本庄那由香の姿を確かめていた。ほとんど無意識の行動であった。

本庄那由香は拍手もせず、シテが去っていった幕の先を、じっと見つめているようであった。口を薄く開いて、今しがた聞いた言葉の意味を、必死で考えているかのように。


舞台が終わったあとの生徒たちの興奮は、予想以上であった。

鵺のお面がかっこよかった。水に流されてるような動きがすごかった。最後、ジャンプしたところがめちゃくちゃかっこよくてびっくりした――動きや謡、囃子など、感動したポイントはそれぞれ違うにせよ、生徒たちはいろいろなことを感じ取ってくれたらしい。ざわざわと飛び交う感想の中に、「変な声を聞いた」という内容のものは交ざっていなかった。あの叫び声のような訴えはおそらく、僕と本庄那由香にしか届いていなかったのだ。

閉場後は生徒たちの誘導や、先に上がった囃子方や狂言方をタクシー乗り場に案内するのに忙しく、本庄に話しかけるタイミングがなかなかつかめなかった。忙しく立ち回りながら、僕は焦る。なんとか、声をかける機会を作らないと。ここで別れてしまえば、次はいつどこで会えるかもわからない。那由香の母親から教えられた住所を訪ねて行く、という手もあるが、できれば、今——。

「おうい。昴くんよ」

笛方の先生をタクシーに乗せ、次の車が来るのを待っていたところで、背後から相原に話しかけられる。洋服姿にスーツケース、そして小鼓が入っているらしい鞄を手にした相原は、気さくな笑顔を見せた。

「今日はよう動いてくれたな。紅ちゃんも、助かった言うてたわ。今日はこのあと、紅ちゃんにも挨拶してから帰るんやろ？」

「はい、あの、相原先生——中学校の先生で、ちょっと黒っぽいスーツを着た女性の先生、見かけられませんでしたか？　小柄で、髪が顎までくらいの長さで——」

「ん？　ああ、いはったな。ワキ正の後ろのほうで立ってた人やろ。どないしたん」

「ちょっと、お伝えすることがありまして。その——お渡ししたプリントで、修正したいところがあったものですから」

「ふうん……」

相原はすっ、と表情を消して、僕の顔をしばらく見つめる。やがて細い唇を上げて笑い、言葉を続けた。

「君、わりと罪のない嘘をつきよるタイプやな。紅ちゃんの言うてたとおりや」

思いがけないことを言われて、僕はどきりとする。嘘——そうだ。

相原の言うとおり、僕はわりと平気で嘘をつく。本当のことを言っても、うまくいかないことがあまりにも多すぎたから。人のためだと思って、これまで数えきれないほどの嘘をついてきた。それでうまく立ち回ってきたつもりなのに、比良坂には、相原には——見抜かれていたのだろうか？

「いや、別にだからと言ってどうこう言うわけではないで。どうも事情があるようやし」

「……すみません」

言葉が自然とこぼれ落ちる。唇を噛んだ僕に、相原がまた笑顔を見せた。

「だから、別に謝ることやないんやて。それより、ほら」

相手が目線で指し示した先を、僕は振り返った。あ、と声が漏れる。正面玄関の向こう、大階段の下で職員らしき女性と話しているのは、本庄ではないか。生徒や学校の関係者といっしょに帰ったのかと思っていたが、残って何らかの手続きでもしていたのだろうか。

行かなければ。身体を動かしかけ、ためらった僕に、相原が笑顔を見せてくれる。

「なんや？　僕のことはええて。ここに突っ立ってタクシー待っとったらええんやから、はよ行きなさい。あの人に用事があるんやろ」

「すみません。ありがとうございます」

深々と頭を下げて、僕は足早に歩き出す。正面玄関を入り、まっすぐに、那由香と職員の女性らしい人が立っている場所まで歩いて行った。

「——あ。さきほどは、どうも」

僕に気づいた那由香が、相手との話を切り上げて、頭を下げてくれる。僕も会釈を返した。

「本庄先生。こちらこそ、どうもありがとうございました。生徒さんたちも喜んでくれていたみたいで、僕も、嬉しいです――」

挨拶をかわす僕と那由香から、女性職員らしき人がふい、と顔を逸らす。気を遣ってくれているのだろうか。とはいえ、第三者がすぐ近くにいるところで、本題に入りたくはない。

「……橋野さん？」

那由香に呼びかけられて、僕はぐっと唇を引き締める。「嘘」か。死者の言葉を怪しまれずに伝えるための、「方便」か。嘘をつく勇気も必要だ。今まで、平気でそうしてきたではないか。

「本庄先生、少しだけお時間よろしいですか。さっきの公演中に――少し、気になることがありまして」

「気になること……ですか」

「はい。どうしてもお伝えしたくて、お声掛けしたのですが……」

僕の態度から何かを察したのか、那由香はすぐそばに立つ女性職員らしき人物に、目線で合図のようなものを送る。女性がこちらを見ようとしなかったので、那由香は軽く頭を下げてから、その場から離れるような仕草をした。無言の合図に従って、僕もそのあとを追う。女性から数メートル離れ、その姿が死角に入る位置にまで来てようやく、那由香は僕に小声で声をかけてきた。

「すみません。誰かがいたら、話しにくいことなのかと思いましたので。何かありましたか？　生徒の鑑賞態度に関すること、でしょうか」

「いいえ。違うんです。断じて、そうじゃないんです――」

生徒たちはみんな大人しく、熱心に見てくれていた。ぶんぶんと首を振って、僕はすぐに言う。

「本庄先生。さっきの公演中に、何か、語り掛けるような声を聞かれませんでしたか？」

那由香の表情が、ぴたりと凍り付いた。

一か八かの問いかけであったが、やはり彼女もあの幽霊の「声」を聞いていたらしい。

那由香はしばらく僕の顔を見つめ、何かを言いかけては唇を閉ざし、浅い息を吐いていた。

ちらり、と一度だけ背後を振り返って、ようやく言葉を返してくる。

「声、ですよね。聞きました。幻覚かなにかだと思ってたんです。けど、橋野さん、あなたにも聞こえたんですか――」

「聞こえました。男性の声で、あなたの名前を呼んでいました」

「どうして」

那由香が身を乗り出す。僕はその目から、視線を外さなかった。

「どうしてなんですか？　あなたは、なぜ――」

「僕には幽霊が見えるんです。声を聞くこともできます。今日の『鵺』のシテにとりつくようにして、そこに幽霊がいることもわかっていました。あの幽霊はずっと、本庄先生、あなたのお名前を呼ばれていたはずです。あなたと関係が深い誰かなのではないかと、ずっと思っていたのですが」

相原の言うとおりだ。僕は目的のためなら、平気で罪のない嘘をつく。すべては、幽霊たちの言葉を疑いなく受け入れてもらうために。相手が幽霊の存在をはっきりと感じ取っているのならば、正直に話したほうがいい。

「僕はおそらく、その幽霊が叫んでいた言葉を、すべて聞き取ることができていました。本庄先生、その幽霊はきっと、あなたにその言葉を伝えたかったはずなんです。どこまで聞き取れていたんですか？　あの人が言いたかったことは——すべて、伝わっていたんでしょうか？」

「それは——」

那由香がまた、背後を振り返るような仕草を見せた。正面に向きなおり、口元を引き締めた彼女は、さっきよりもはっきりとした口調で返してきた。

「おそらく、全部は聞き取れなかったと思います。許してほしい、とか、ごめんなさい、とか。そういう言葉は聞き取れたんですけど。大事なところが聞こえなかったというか——耐えられなくて、耳を塞いでしまったというか——」

那由香は目を伏せていた。黒目が、落ちつきなくふらふらと揺らいでいる。

「ちょっと、その声があまりに悲惨だったので、ショックを受けていたところはあります。

なんだか、地獄にでも落ちるときの声みたいで。それに——それに。なんで、あの人が、謝るんだろう、って……」

「……あの人が、ですか？」

「父です。橋野さん、あの声は、確かに父のものでした——」

言葉が、続かなくなる。

父。本庄は確かにそう言った。あの声は確かに父のものだ。ごめんなさい、ごめんなさいと謝る声。そうだ、確かにあの叫び声は、男性のものだった。登大路園地で出会った幽霊の両腕は、男性のものだった——女性の見た目をしながら、男性の腕を持った、奇妙な姿の霊。僕はそれを本庄那由香の母親の霊であると思い込んでいた。この腕は、悪い腕だ。私はこの腕が怖かった。死んでもなお、娘に暴力を振るった夫の腕に怯え、それにとりつかれている女性の幽霊なのだと。ちぐはぐな姿。ちぐはぐな言葉。曖昧で、正体のつかめない態度。女性の幽霊——那由香の母親。確かに男性のものであった、あの叫び声。父親。まさか。

まさか。

「——那由香」

突然かけられた声に、僕と、びくりと身をすくめた那由香が、同時に声のしたほうを見る。そこにはさきほどの女性の職員らしき人が立っていた。長い髪をひとつに束ね、白い顔ににこにこと笑顔を張り付けて。見覚えがある。僕は、この人に、会ったことがある。

「……お母さん」

この人は、本庄那由香の母親だ。

頭が猿、手足は虎、泣き声は鵺である化け物の本質とは何か？　顔や体が女性で、腕だけが男性であった幽霊の、本質とは――？　死後にまで生きた人間の影におびえ、その姿に乗っとられているかのような幽霊がいたとしたら。その存在のあまりの大きさに、呑み込まれそうになっているものがいるのだとしたら。あの幽霊が怯えていたのは、ごつごつとした両手などではない。この顔、この体、この声であったのではないか。僕と本庄那由香を笑顔で、冷ややかに見つめている、この存在であったのではないか。

ごめんなさい、ごめんなさい。あなたを残して死んでごめんなさい。恐ろしい母親のもとに、あなたを残したままで死んでごめんなさい。そう叫んでいたのは、那由香の、父親のほうであったのだ。妻に支配され、呑み込まれそうになってまで現世に留まっていた、哀れな父親の姿――。

「すみません、お話し中に。私、本庄那由香の母親ですが、ここで職員をしているものですから。娘の仕事ぶりを見る機会なんてそうそうないものでして、ついつい引き留めて話をしてしまっていまして、ね。でも残って片づけをする係だから、すぐには学校に帰らなくていいんでしょう、那由香？　ということでね、ちょっと、そこで立ち話をしていたんですけれど。今回の失敗だとか、いろいろと、反省するところもあるでしょうし」

「失敗？」

思わず言い返した僕に、本庄の母親はまた笑顔を見せた。澄み切った、何の悪意もない声で、言う。

「学生たちの鑑賞態度が、ちょっと、ね。あくびをしたりしている子もいて、あれは百点ではないですよ。ね、那由香。ああいうのは教師の指導次第ですからね、普段のやり方がこういう非日常の場に表れるんです。ああいうことが続けば、今後はこちらとしても中学生の見に来る公演などは受け入れられないですし、他の学校にも迷惑がかかるものですから、はっきりと言っておかないと――」

「いえ、子供たちは真面目に見ていたはずです。先生方も、ちゃんと監督されていて、僕の目には失敗だなんて――」

言葉を遮った僕に、那由香が目配せをする。その視線で、僕はすべてを悟った気がしていた。

娘に「母親を捨てろ」と願った、父親の言葉。那由香を殴っていたのは誰だ？　いや、殴るように仕向けていたのは誰だ？　彼女を責めて、追いつめて、家庭というものに縛り付けてしまったのは、いったい誰であったのだろうか。恐怖で家庭を支配していたのは、節くれだった手を持つ父親ではなく、この――光のない瞳をした、母親のほうではなかったのか。父親は死に、那由香はまだこの母親に縛り付けられている。複雑に入り組んだ、親と子供の問題。おそらくはずっと隠されていて、明るみに出ることのなかった、那由香の苦しみ。那由香の父親は、僕が登大路園地で出会ったあの幽霊は、娘の救済を願っていたはずだ。だから僕に言葉を託した。逃げろ、逃げろと、娘に訴えたくて――。

「何でしょう？」

「お母様。いえ、本庄さん。厳しいことをおっしゃるお気持ちはわかるのですが……」

「お母さんがそう思っているのなら、実際問題があったんでしょうね。学校には伝えておきますから。この方は大和女子大の学生さんで、お手伝いをしてくれただけなんですよ。責任はないから、やめてください。ね」

僕をかばうように割り込んできた那由香に、母親は流れるような視線を送った。これほどまでに何の感情もこもっていない瞳を見たのは、初めてだった。

「ええ、そうですね。この方に言っても仕方ありません。那由香、あなたが反省することですよ」

「すみません……総括のときに、反省点として伝えておきますから」

「今日はこのあと、直帰することになってるんでしょう？　もう準備しなさい。あまり遅くなると、夕食の準備が後ろ倒しになってしまいますからね」

「わかっていますよ、お母さん」

す、と踵を返して、母親は高い足音を鳴らしながら去っていった。僕に一礼をして、母親の背中を見たあと――那由香もその場から歩き出してしまう。途中で振り返ったその目には、何の感情も込められていないように見えた。さっき僕を見つめていた、母親のあの目と同じように。

追いかけなければ。

追いかけて、言わなければいけない。那由香の父親に託された言葉を。行け。自分を鼓舞するが、足が動かない。喉が詰まって、声が出てこない。行け――行けない。どうして。足が震えていた。どうしてもその場から動くことができずに、ただただ鼓動だけが早くなっていた。

「……」

那由香と、その母親の姿が、正面玄関へと消えていく。僕はまだその場に突っ立っていた。ようやくのことで踏み出した一歩を、少しも動かせないままで。

「何も考えない馬鹿と、考えたあげくに何もしない賢者がいるとする。どっちが偉いかなんて、子供でもわかりそうなものじゃないかね」

突然聞こえてきた声に、僕は振り返る。

黒紋付に袴姿のままの紅苑が、腕を組んだ姿勢でたたずんでいた。

「先生」

「また唐突に現れましたね、という顔をしているな。いつからそこに、なんていう平凡な質問は受け付けんよ。さっきからいたとも。君と本庄教師と、その母親のやりとりはだいたい聞いていたが、あの母親はすごいね。すぐそばにいた私のことは完全に空気みたいな扱いだったじゃないか」

「見て、いらっしゃったんですか。全部」

「ああ。どうしてかな、と思っていたよ。おせっかいな君らしくない。幽霊に頼まれた伝言を伝えたくて、本庄教師に声をかけたんじゃなかったのかね？」

比良坂はすべて見ていたらしい。比良坂もまた「鵺」の中で、那由香の父親の叫び声を聞いていたのか。

「先生のおっしゃるとおりです。僕は、先生のお父様に伝言を頼まれたのに――でも――」

「でも、どうしたんだね」

「それが、あまりにも繊細な問題で。人の家のことに首を突っ込むようで、僕は……」

「おせっかいだから、言うことができなかった。そういうことなのかい」

僕は首を横に振る。

おせっかい。誰かを助けたいと思っても、それは傲慢な、思い上がりだ。心の奥底にこびりついた声が、耳の奥で僕を苛み続けている。僕の声。成長した僕にそっくりの、あの人の声。人の事情に首を突っ込んではいけない。誰かを助けられるだなんて、思い上がりだ。けれど――けれど。

本庄の父親の声を聞くことができたのは、僕だけだ。僕だけが、那由香に伝えるべき言葉を知っている。

かたく目を閉じ、開けてから、僕はこちらを見つめている比良坂に言葉を投げた。

「先生」

比良坂はまだ腕を組んでいた。その切れ長の目が、さらに細められる。

「僕は、言ってもいいんでしょうか？」

「構わないだろう。いけない理由がない」

あっさりと返ってくる答え。言葉を返す前に、僕は走り出していた。

「それが、おせっかいな君の役割なんじゃなかったのか？」

比良坂の声を背中で受け止めて、僕は走り、正面玄関から外へと飛び出していく。本庄親子はまだ、追いつける距離にいた。母親と肩を並べて歩く那由香に向かって、僕は声の限りに叫ぶ。

「本庄先生！」

同時に振り返った親子が、そっくりな、昏い瞳で僕のほうを見た。歩みを止めて待つふたりに、僕は駆け寄っていく。足を止める前に――一歩踏み出して――本庄那由香の母親が、僕に向かって言葉を返してきた。冷たく、平坦な口調だった。

「何でしょうか？　まだ、用事があるみたいな顔をされていらっしゃるけど……」

「ごめんなさい。さっき、どうしてもお伝えできなかったことがありますので」

僕はきっぱりと返す。薄く口を開いて控えている那由香に、声をかけた。

「本庄先生にお伝えしたいことがあるんです。あと少しだけ、お時間、いただけませんか」

「あなたね、でも――」

「お母さん」

那由香の声が、僕らのやりとりを遮った。

はっ、と身をすくめる母親の目に、僕は確かな動揺を見た。那由香はわずかに怒ったような顔をしている。この程度の反抗すら、見せたことがなかったのかもしれない。

「ちょっと、待っていて。橋野さん、私にお話があるみたいですから」

よどみのない言葉。呆然として娘を見つめる母親の前に出て、那由香は笑顔を見せる。

「教えてください、橋野さん。父が私に本当に伝えたかったことって、何だったんでしょうか？」

息を呑む音が、那由香の言葉に重なる。

僕はこくりと頷き、口を開いた。

託された言葉を伝えるのに、もう迷うことなどなかった。

4

猿沢の池のほとりのベンチに、比良坂はひとり腰をかけていた。七月の末日。遅すぎる梅雨明けの知らせがあったばかりの空は、文字どおり抜けるほど青く晴れ渡っている。ぎらりと照りつける太陽が、頭を焦がす。

「……熱中症になりますよ、先生」

比良坂は水も茶も持っていなかった。汗もかかず、涼し気な顔をしているが、どういう体質をしているのだろう。

「亀も甲羅干しどころじゃないようだね」

池の緑色の水面には、ぽつぽつと小さな波紋が現れては、消えていく。亀や鳥の姿はないが、水中には小さな生き物が潜んでいるのかもしれない。

「隣、座っていいですか」

比良坂は答える代わりに、少し体をずらしてくれた。礼を言いながら腰をおろし、僕は青く張り出す木々の枝を見つめる。

「――さっき、本庄先生のお宅を見てきたんです」

相手が反応する気配はなかった。構わずに、僕は続ける。

「本庄先生のお父様に……お父様の幽霊に、『自分の言葉を伝えたあと、那由香がどうするのか様子を見に行ってほしい』と言われていたんです。お父様はたぶん、本庄先生がご実家を出て、おひとりで住まれることを望んでいたと思うんですけど、先生は――まだご実家にいらっしゃるようでした。直接お会いすることはできなかったのですが、たぶん、まだお母様のそばにいらっしゃるようなんです」

自転車の台数や家の外に出しているものの様子からして、本庄家にはふたりの人間が住んでいるようであった。父の言葉を聞いてもなお、那由香は母を捨てる道を選ばなかったのだ。

「僕は――僕は、本庄先生がきっとお母様のそばから離れるだろうと、そう思っていたんです」

「だが本庄那由香は母親を見限らずに、まだその一番近いところにいる。君は、それが気に食わんと言うんだね」

「いいえ」

かぶりを振って、僕は自分の放った言葉の意味を考えなおす。本当に、いいえ、なのだろうか。

「いいえ、のようで、はい、でもあります。僕は、どこかで期待してた気がするんです。お父さんの言葉が、本庄先生を変えてくれるだろうって。きっとそれが本庄先生の救いにもなるだろうなって。でも、そうじゃなかった。本庄先生はあのままで、結局のところ、僕はまた何もできなかったなって、そういう気がしているんです」

「見た目が何も変わっていなくても、内側さえ変わっていれば、いつでも行動に起こすことはできる。きれいな皮をした果実の中で、一粒の種が熟していることもあるだろう」

象徴的な言葉に、僕は比良坂の顔を見た。相手は唇を引き結び、こちらの顔を見つめている。目を逸らしたところで、また言葉が飛んできた。

「――本庄那由香の父親が、那由香を殴っていたのは事実らしい」

僕は顔を上げる。比良坂は池のほうを見つめて、淡々と続けた。

「テストの点が悪いだとか、鞄を玄関に置きっぱなしにしたとか、理由はとにかく些細なことばかりだったそうだ。だが、殴られる那由香のほうもわかってはいたようだよ。自分にとって本当に脅威になっているのは、父親ではなく母親のほうだ、とね。細かなことまで娘を否定し、とことんまで追い詰めようとしていたのは、母親のほうだったんだ。父親が止めても止めても、娘が泣いて泣いて泣いて黙るまで、責め続ける。それが那由香の母親の『しつけ』だった。いつしか父親は、自分が代わりに怒ることで、ふりではあっても娘を殴り、折檻をして母親に納得させることで、娘をかばうようにしたんだ。実際のところ――父親が間に入ることで、那由香はずいぶんと助かっていただろうね。母親の執拗な攻撃が、父親からの怒声ですぐに終わる。父親のほうは、たとえ軽く、演技のようではあっても、娘に手を上げたことをずっと後悔していたようだがね」

「比良坂先生。その話は、どこで――」

「『鵺』をやっているときに、那由香の父親の思いが入ってきたんだ。ずっと泣きながら、娘に謝っていたよ」

比良坂自身も、自分にとりついていた幽霊の思いを受け取っていたらしい。僕は顔を伏せ、吐き出す息に乗せて答えた。

「つらい、話ですね」

「そうかい。私は、そう思わないよ」

思いがけない言葉に、僕は比良坂の顔を見る。こめかみに垂れる黒い髪が、わずかな汗で光っていた。

「家族のことは、他人から見ればわからないところもある。人にどう言われようと、那由香は母親と共に生きる道を選びたかったのかもしれない」

「でも」

「それでいいんだよ、昴。君は十分によくやった。君が伝えた言葉が、数年後、いや、遠くない未来に、本庄那由香の背中を押すかもしれない。あとは本人次第だ。私たちはただ、見守っていくしかないいんだからね」

「見守る、ですか」

「本庄那由香が、個人的に私のけいこ場に来たいと言っている。そこでさりげなく様子をうかがうことはできるさ」

僕はふっと息を吐く――変わると思っていたもの。変えられると思っていたもの。どれほど力を尽くしても、何も起きないことはある。けれど、見えていないだけなのかもしれない。いろいろと。

「よかった」

笑みを浮かべ、僕は立ち上がる。手を組み、こちらを見上げている比良坂に向かって、もう一度笑顔を見せた。

「僕も、本庄先生とまたお話をしてみたいです。先生、すごく頼もしい人だったので」

比良坂もふっと口角を上げた。その姿に一礼し、僕は歩き始める。死んだ者の言葉を、生きた者に伝えること。何も変わらなくとも、そこには意義があるのかもしれない。変えること、動かすことそのものを目的としなくてもいいのだ。ただ、伝える。それがきっと、僕に唯一できることなのだから。

歩き始めた僕は、何気なく比良坂のほうを振り返った。比良坂は——無表情にこちらを見ている。まるで、僕の背中に何か大事なものが、暴露したくないものが、書かれてでもいるかのように。

「今回は、ずいぶんと消極的だったじゃないか」

そう声を投げられて、僕は立ち止まる。視線を正面に戻し、できるだけ抑えた声で答えた。

「そう、ですか」

「どうやら、『家族』というものに、君は思うところがあるようだな」

無遠慮に、核心へ切り込もうとする言葉。僕はしばし沈黙し、必死に笑顔を作ってから、振り返る。

「先生の言うとおりです」

比良坂は意外なほどに、普通の表情をしていた。座ったままの相手に、僕はさらに続ける。

「僕自身が、家族のことをいろいろと言われて、悲しい思いをしたことがあるから。どうしても、他人には——何も言わないほうがいいのかなって、そう、思っちゃうところがあるので」

「なるほど」

「でも、この問題は、本当にたいしたことじゃないんです。自分のことに重ね合わせて、頼まれたことをやらないのって、ちょっと不誠実ですよね。だから、今度からは……私情を挟まずに、頼まれたことをやっていこうと思います。今回も、いろいろと遠回しになって、本庄先生やお父様には気の毒なことをしました」

比良坂は何も言わなかった。ただまっすぐに見つめられて、僕は話を続けられなくなってしまう。いつもはすらすらと言葉が出てくるのに。相手が求めていないことまで話してしまうのに、僕は。

口を開く前に、足が動き出していた。

ふらり、と歩き始めた僕に向かって、比良坂が低い声で言い放った。

「助けてほしいんじゃないのかね。君も」

僕は振り返らなかった。焼くような陽の光を浴びながら、池のほとりを歩いていく。立ち止まらず、ただ歩き続けて、ざわつく東向商店街のアーケードを抜ける。

近鉄奈良駅の行基像前に来て、ようやく僕は足を止めた。噴水のまわりを囲む手すりに軽く腰をかけて、ポケットにつっこんでいたスマートフォンを取り出す。

気になるのなら、調べてみろ。

相原は、そう言っていたのではなかったか。

ブラウザを開き、検索窓に「比良坂流　宗家　事故」と打ち込む。

ずらりと、同じような内容の記事の見出しが並んだ。

比良坂流二十六代目宗家の比良坂紫水《しすい》は、自身二度目の「道成寺」を務めたその帰りに、自動車事故で亡くなった。四十九歳であった。

車を運転していたのは、比良坂紫水。

助手席には、戸籍上の妻である比良坂蓉子《ようこ》ではなく、十五年ほど同居生活を続けていた男性が乗っていたという。

ブラウザを閉じ、僕は深く息を吸いこむ。

駅前を行きかう人の流れが、どこか別の世界の景色のように思えた。

第三夜
高砂

少年は、待っていた。

陽の差す部屋、窓辺に置かれた植物が午後の空気の中でまどろんでいる。床に本を広げ、ページをめくるたびに扉へ目をやって——少年は待っていた。扉が開いて、待ち人が部屋に入ってくるのを。

声をかけられなくてもいい。ただ笑って、帰って来たよ、と目で合図をしてくれるだけでいい。少年も普通に笑顔を返して、すぐに読書へ戻る。今度はページをめくらずに、待ち人が冷蔵庫を開けたり、中で冷えているフルーツをつまむ気配などを感じたりしながら、ひとり口元をほころばせるのだ。

お父さんが、帰って来た。

自分のもとに帰ってきてくれたのだと思うだけで、少年は嬉しかった。もう何日も何日も、ただ待つ日が続いていたから。不安、という感情を、少年はそのとき初めて知った。待つことは、つらい。待つことは、怖いことだ。

もう自分のもとに、大事な人が帰って来てくれないかもしれないから。

だから、少年は待っている——待つことから逃げずに、その部屋で父親の帰りを待っている。待つことのその先、崖の向こうにあるものを知りたくて。

本をめくり、扉を見て、また本をめくり、少年は考える。父親はきっと、ここに帰って来てくれるはずだ。だって、自分がここにいるのだから。自分に会うために、父親はきっとどれだけ遠いところにいたとしても、必ず戻って来てくれる。幼稚園の先生も、そう言っていた。いろんな本にもそう書かれている。

お父さんやお母さんは、あなたのことが大好きなんですよ、と。

だから、帰って来てくれるはずだ。自分のことを愛しているなら、父はきっとここに戻って来てくれる。

少年は本をめくり、カラーで描かれた恐竜たちの絵に見入る。

明るい陽の影になった扉は、まだ開く気配がない。

1

「鵺」をめぐる一件のあと、僕はよく散歩をするようになった。

夏の奈良の暑さは厳しく、たとえ数十分でも外に出られたものではない――例年ではそのはずなのだが、今年の八月は不思議に涼しく、お盆が過ぎたあとは日中でも気温が三十度を越えることはなかった。七月の地獄のような暑さが、もはや遠い過去のことのようだ。早朝や夕方は乾いた空気が肌に心地いいほどで、太陽の日差しも皮膚を刺すほどにとげとげしくはない。

僕は奈良の街のあらゆる場所を、歩いて、歩いて、歩き続けていた。

歩きながら、ずっと比良坂のことを考えていた。

比良坂の父親のこと。比良坂が、父親と離れて暮らさなければならなかった理由。比良坂の母親の想い。幼い頃の、比良坂の気持ち。比良坂の父と生活を共にしていたという、男性の立場。

ウェブで比良坂一家の事件について調べたのはあのときだけで、それから僕はその話題に近寄ることを意図的に避けてきた。

当然、比良坂本人にもその話を振ったりはしていない。ただ比良坂能楽堂のけいこ場や、大和女子大のサークルの練習などに顔を出して、比良坂に頼まれた雑用をこなし続けてきた。

比良坂はいかにも人を使い慣れた様子で、僕にあれこれと用事を頼んだ。といっても、学生に配るアイスを買ってこいだとか、九月のサークル合宿のときに使うビデオカメラを手配しておけだとか、新しいお弟子さんに渡す集金袋にその人の名前を書いておけだとか、そういう小さなことばかりではあったのだが。

比良坂はまるで、僕が「空気」であるかのようにふるまっていた。あって当然のもの。あるのが当たり前だから、何も気にしたりはしない。

「空気」に向かって、自分の身の上に関することや、大事な問題なんかを、相談する人はいないだろう。

今、僕は佐保川沿いの通りを、西に向かって歩いている。

大和女子大の北から新大宮方面に向かって、ひたすら西へ。車通りや人通りがだんだん少なくなり、道も細くなっていく。このあたりは春、桜がきれいに咲き誇る場所だ。川の両岸に住宅が立ち並ぶ光景は長閑で、人の生活の気配があちらこちらにあるのに、どこか寂しい。僕は、そんな川岸を西へ、西へと歩いていく。たまにたどる散歩コースだが、引き返しどころが難しいルートだ。川沿いに、どこまででも行けてしまう気がしてくる。新大宮の駅あたりまで歩いたら、油阪のほうを通って戻ってこようか。

時刻は午前六時。涼しい。ひと気のない通りで、僕は「ただひとり生き残った人類」であるかのような気分を味わっている。

道中で、何人もの幽霊たちとすれ違った。彼らのほとんどは生前と同じような姿形をしていて、中には生前とまったく同じように、植木に水をやったり、外飼いの犬の小屋のまわりを掃いたりなどして、変わらない日常を送っている人までいる。もっとも、彼らの行動が外の景色などに影響を及ぼすことはなく、彼ら自身がその行動をしている「つもり」になっているだけらしいのだが。助けて、助けてと、泣き叫んでいる幽霊に出会うことはめったにない。たとえ僕が――積極的に、そういう幽霊を探していたとしても。

どうしてなんだい、昴？

歩きながら、僕はまたあの人の声を聞く。忘れようと思っても、その声はふとした瞬間に頭の奥から響いてきて、僕のすぐそばで囁き始める。静かな、優しい声で。

昴、君はどうしてその人たちを助けたいと思うんだい。

あの人に初めてそう聞かれたときに――わからないよ、と僕は答えたのだ。

だって、困っている人がいたら助けましょうって、そう本で読んだから。自分が大好きな特撮番組のキャラクターが、人を救うために命を懸けるべきだって言っていたから。だから、そうしただけなんだ。

だから、どうしてって聞かれても、僕にはわからないよ。

お父さん。

「昴、それではだめだよ」

あの人は——僕の実の父は、優しい声でそう答えた。丸い眼鏡の奥で、灰色っぽい瞳をした目を、柔らかく細めて。

「お前はね、ちょっとだけ他の人と、世界の関わり方っていうのかな、そういうのが違っているんだよ。お前がよかれと思ってやったことを、他の人が迷惑だと思うことだってあるんだ。お前がその優しい心で声をかけた人が、裏でお前を罵っていることだってあるんだ——なんだ、おせっかいだ、どうせ私の気持ちなんてわからないくせに、ってね。お前はね、なんというのかな、人のそういう気持ちとか、悪い反応みたいなのを感知するセンサーが、ちょっと鈍いみたいなんだよ。優しすぎるから、かな。助けてあげようって声をかけた子に、なんだ、余計なことをするなって、そう言われたこともあったんじゃないか？」

あったよ。学校に来られない子の家へ放課後に行って、何かつらいことがあるなら話を聞くよって言ったとき。帰ってよ、って言われた。普通に学校へ行ける橋野くんに、話すことなんかないって。

「そうなんだよ、昴。傲慢、って言葉がある。自分にはできると思ったことが、実はとても難しいことだったりするんだ。それが誰かを巻き込むことなら、自分が傷つくだけでは済まなくなってしまうからね」

　ごうまん？

「難しいのなら、これだけは覚えておきなさい。人助けをしても、君にいいことが起こるとは限らない。君はそんな損得勘定で動いてはいないだろうけどね。放っておくことが、一番いいんだ。その人のためにも。決して、その人の気持ちになって悲しんだり、怒ったりしちゃいけないよ」

　でも、でも、お父さん。

「人の悲しみを背負いすぎるものは、いつか潰れてしまうからね」

　お父さんは、潰れてしまったじゃないか。

　たったひとりで、全部背負って、ぼろぼろになってしまったじゃないか。


「――やあ。おうい、大丈夫かい？」

　はっきりとした声が耳に届いて、僕は顔を上げる。額に、じんわりと汗をかいていた。

　僕は周囲を見回し、声の届く範囲に「生きた人間」がいないことを確かめ、声がしたら しい方向を見る。民家の庭先。縁台に座った高齢男性の幽霊が、視線を向けた僕の顔を見て、目を丸くした。

「おや、これはびっくりだ。君、僕のことが見えるのかい――ああ、ごめんよ。急に話しかけられてびっくりしちゃったのかな。いや、君があまりにもね、鬼気迫る顔で歩いてるから。熱中症になりかけてるのかと思って、つい声をかけちゃったよ。といっても、今日はそんなに暑くはないのかな」

「すみません。ちょっと、ぼうっとしてて――」

答えてから、僕は慌てて笑みを浮かべる。僕は、そんなに切羽詰まった顔をしていただろうか。竹製らしい縁台に座ってこっちを見る高齢男性の幽霊は、そんな僕とは対照的に、潑溂とした表情を浮かべていた。ふさふさとした白髪に、四角いフレームの眼鏡。べっこうを模した留め金のついたループタイをさりげなく結んだ、白いシャツの首元。背筋はしっかりとしているが、おそらく七十歳は超えているだろう。装いもその表情も、生きた人間のものと変わりはない。

しかし、その身体は不思議な光を放っていた。金色のような、白色のような。こんな穏やかな光をまとう幽霊に出会ったのは、初めてのことだ。

「まあ、座りなさいよ。ちょっと休んでいったほうがいい」

僕はその民家の庭に入り、頭を下げてから、高齢男性の幽霊の隣に座る。奥にある家屋に、人の住んでいる気配はない。

「ここはね、僕が住んでいた家なんだよ。ひとり暮らしだったから、僕が死んでからはそのまんまになっちゃってるけどねえ」

どうやらこの人は、自分が死んだことを認めたくないタイプの幽霊ではないらしい。庭はよく手入れされていて、立派な一本の松が、こちらに影を作るかのように張り出している。門扉に埋め込まれた表札には「青山《あおやま》」と書かれていたはずだ。

「――あの。青山さん、でよろしいでしょうか」

「うん？」

高齢男性の霊――青山は、またにこやかな笑みを浮かべて、答えた。唾を呑み、僕は続ける。

「僕は橋野昴と言います。ブリッジの橋に、野原の野、で橋野。すばるはおひさまの日に卯の花の卯、と書いて、昴と読む、あれです」

「はしのすばるくん、か。あはは。ずいぶんときっちりした自己紹介をする子だね」

「癖なんです。その――死んだ人と話すときは、ちゃんと僕の名前を伝えて、怪しまれないようにしないと、って思っちゃってて」

青山は口元の笑みを消し、僕をじっと見つめる。

「そうか、なるほど。誠実な子だね。僕はまた逆に――君のほうが僕のことを生身、っていうのかな、生きてる人間だと思ってるんじゃないかって、心配したよ」

青山があはは、と笑い声を上げ、僕も口元をゆるめる。口調も態度も、優しげな印象だ。

「僕、物心ついたときから幽霊が見えるんです。ほとんどの人は生前と同じ見た目をしてるんですけど、死んだ人はぼうっと光ってたり、なんとなく透けてたりして――生身の人と、また違った見え方をするんです。だから、青山さんのことも、もうこの世の人じゃないなってことは、すぐにわかりました」

「へええ。なるほど、なるほど。不思議なものだねえ。自分が死ぬまで幽霊がどんなものかはわからなかったけど、中にはそういうのが見える人もいるのか。僕自身、ぜんぜんそういうのが見えるタイプじゃなかったからね。自分が見える人の目にどんな風に映っているかなんて、さっぱりだよ」

「青山さん、すごくきれいな光り方をしてますよ。金色っていうか、ちょっと青みがかってるっていうか。オーラ、っていうと、なんだか誤解を招く言い方かもしれないんですが」

「ははは、そりゃすごい。魂の輝きってやつかな。ちょっと違う？　いずれにせよ、あなたきれいに光ってますよ、って言われて、悪い気はしないね」

僕は曖昧に笑った。オーラ、だとか、魂の輝きだとか。「生きている人」に向かっては、ぜったいにそんな話はしない。何かにだまされてるからそんな話をするんだろう、とか、幻想に生きているかわいそうな人だね、と言われてしまうだろうから。仕方のないことではあるのだが。

「――いやあね、それにしても急に話しかけたりして、すまなかったね。君があまりにも、思いつめた顔をしてたもんだからねえ。まさか振り向くとは、というか、声が届くとは思わなくて、僕もびっくりはしたけれど」

「心配してくださって、ありがとうございます。ちょっと……友達のこととか、自分のことかで、いろいろと考えていることがあって」

友達、と答えてから、僕はその言葉の違和感をなぞった。比良坂と僕は、友達なのだろうか。違う気がする。僕と彼の関係を、適切に言い表す言葉は何だろう。なんでもやってくれる便利なやつ、と思われているのだろうか。それでもいい。比良坂の心の中に、名前の付いた状態で「僕」が存在しているのならば。

「なんだ、その友達と喧嘩でもしたのかい」

青山が心配そうに問いかけてくる。その言葉にあたたかさを感じながら、僕は首を横に振った。

「いえ。なんて言えばいいんでしょう——その人に、どう接していいかわからなくなって。つらい過去があるんだろうな、ってことがわかって以来、その話題に触れるべきなのか、それとも触れちゃいけないのかって、いろいろと考えてるんです」

「なるほどね。難しい問題だな」

青山は真面目な顔をして、腕組みをしている。空に張り出す松の枝に、まるで問いかけるような視線を投げてから、また僕のほうを見た。

「いや、僕もね、長年弁護士をやってきた中で、いろんな人の悩みを聞いてきたんだよ。若い頃は先輩なんかに『身の上話を聞いてあげるつもりで依頼人と接するんじゃないよ、人生のお悩み解決はお前の仕事じゃない』なんて言われもしたからねえ。本当に、難しい問題だよ。手を差し伸べて、共倒れになることもある。だが、それを放っておくのかと言われれば、また違う」

「そう、そうなんです——青山さん、弁護士をされていたんですか」

「うん、そうだよ。扱う案件のほとんどが、相続のこととか、離婚なんかに関することだったけれどね」

離婚。その言葉を聞いて揺れそうになる表情を、僕は意識して引き締める。自分のこと。比良坂の家庭のこと。油断をすると、すぐその話題が胸のうちに浮かび上がってきてしまうのだ。

「紺屋の白袴なんて言うけど、僕自身もろくな生き方をしていなくてね。若いときに同年の女性と結婚を一回しただけで——そのあとはずっと、ずっと独身を貫き通して、七十五歳であっさりと死んじゃった。弁護士仲間にはよく言われたもんだよ。お前、初めの結婚でずいぶんと痛い目を見たんだろう。だから、二度と家庭なんて持つまいと思うんだ、って。どう答えていいものかわからないから、いつも笑ってやり過ごしてたね。本当のことを言っても、どうせだめだろうから、って思いがあったもんだから」

「何か——何か、あったんですか」

ほとんど無意識にそう聞いていた僕に、青山は視線を投げてきた。口角だけが、かすかに上がっている。

「……橋野くん。そこから、見えるかな。川を挟んで向こう岸に、黒っぽい屋根の家があるだろう。土手があるから、ちょっと確認しづらいかもしれないけど。門のあたりに立ったらよく見えると思うから、ちょっとそこから覗いてごらん」

　言われるがまま、僕は縁台から腰を上げ、コンクリート造りの門のほうへと歩み寄った。佐保川を挟んで、向こう岸に数件の家が見える。家はいずれも土手の下に立っており、屋根と二階にあたる部分しか確かめることはできない。しかし、青山が言っていた一軒はすぐに見つけることができた。

「ありました。白い壁のお家ですか」

　背後から、そうだよ、という声が飛んできた。あのお宅に何があるんですか、と聞く前に、僕は視界に入ったものの名前を口にしていた。

「大きな松が、ありますね」

　二階の窓まで届く、青々とした葉をつける立派な松だ。既視感を覚えて、僕は背後を振り返る。青山家の庭に植わっている松が、こちらをじっと見つめているように思えた。大きく三叉にわかれた幹。西に向かって、片側に流れるように生えている枝。もう一度対岸の家に目を向け、そこに生えている松と見比べる。庭木に関する知識を、僕はほとんど持ち合わせていない。しかし、これは、どう見ても――。

「同じ松、ですか？」

　そう問いかけた僕に、青山は微笑んでみせるだけだった。二軒の庭に植えられている松は、まったく同じ外見をしているように見える。遺伝子が同じである松の木などであれば同じ枝ぶりに生長するものなのか、門外漢である僕にはわからない。剪定などである程度似た形に整えることはできそうだが、どうなのだろうか。

「あの家にはね、僕の昔の妻が住んでいるんだよ。五十年以上前に、僕の奥さんだった人が、ね」

その言葉を聞いて、僕は「え」と声を漏らす。青山は眼鏡の向こうの目を少し細めて、言葉を続けた。

「うちの松と向こうの松、よく似てるだろう。うちの松は、僕と妻が結婚したときに、ふたりでどこに植えようか、ここがいい、いやあっちがいいだなんて言いながら植えたものなんだけどね。向こうの松は、そうだなあ、そこから四、五年経ってから植えられたものじゃないかな。うちのも、おそらくは向こうのも、特に意識したわけじゃないが、よく似た枝に育った。不思議なものだと思わないかい。僕にも、よくわからないんだ」

佐保川を挟んで、対岸に——お互いが見える家に住む、元夫婦のふたり。そっくりに育った松。僕がぽかんとしていると、青山はまた布袋尊のような笑みを浮かべた。

「そうだね、橋野くん。君にまた会いたいから、ちょっとした問題を出そうか。むかしむかし、お互いに愛し合い、お互いのことを大事に思っている夫婦がいました。その夫婦は若くして別れてしまいましたが、お互いを憎んでそうしたのではありません。夫と妻はお互いが見える場所に住みながら、もう一度いっしょになることはなく、ただ両家の庭に植えられた松だけがそっくりに育っていくのでした——ちょっとだけ、不思議な話だろう。さて、夫婦はなぜ別れなければならなかったのか。別れた後も、お互いが見える場所に住みながら、なぜ行き来すらしようとしなかったのか。君に、この謎が解けるかな。お友達の問題に関することが行き詰まったら、ちょっと気晴らしに考えてごらん。君になら、解ける問題のはずだから」

そう言って微笑んだ青山の肌に、太陽の光がきらめく。松の葉が風に吹かれてその葉を揺らしたように見えたのは、気のせいであったのだろうか。

ぬるい風を浴びながら、僕は夜の奈良町を歩いている。

時刻は午後九時前、狭い道に面する店たちの灯はまだ消えず、散策を楽しむ観光客の声も賑やかだ。夏の日は長く、まだまだ夜が更ける気はしない。

それでも、誰かの家を訪れるには遅い時間だよな——と思いながら、僕は路地に面した敷地に入り、比良坂能楽堂の裏玄関のインターフォンを押す。今日は謡のけいこも、舞のけいこもないはずだ。応答があるかと待ってみたが、誰かが出る気配はない。

しばらく待機して、もう一度インターフォンを押し、僕は手に抱えた菓子の箱を握りしめる。やはり反応はない。木の引き戸に手をかけてみるが、鍵はかかっていなかった。

「比良坂先生。お邪魔します」

暗い廊下の奥に向かって声をかけ、靴を脱いで上がる。うっすらと、かすかに、遠く伸びるような謡の声が響いてきた。

我見ても久しくなりぬ住吉の……。

比良坂のものだ、とはっきりわかる声だ。けいこの邪魔をしてはいけない。引き返さなければ——ためらう心とはさかさまに、足が廊下を進んでいく。襖の開け放たれた楽屋には、誰の姿もない。行く先に点る白熱灯の明かりに惹かれるようにして、僕は正面玄関へと出てきていた。使いこまれた木の下足箱と、鉄製の傘立てを照らす明かり。舞台のほうから、謡は響き続けている。

現れ出でし神松の。春なれや。残んの雪の浅香潟……。

足音を立てずに歩み、見所の入口に立つ。舞台の上に、袴姿の比良坂がいた。扇を広げている。白足袋に包まれた足が滑り、そのゆるぎない身体を運んでいく。まるで、海面を行く船のように、軽やかに。

梅花を折って頭に挿せば……。

翻る袖、鋭く走るその身体を見ながら、僕は初めて比良坂をこの場所で見たときのことを思い出していた。愛する人を待ち続けた霊を宿した、彼の姿。その謡と舞。どす黒いものになりかかっていた霊が、浄化される瞬間。

舞。謡。地に潜む神に祈りを捧げるかのような、足拍子。翻る扇。呼吸のリズム。囃子と一体化していく、鼓動、血のめぐり、肉体、精神、躍動――。

なんだろう。

僕は、比良坂の、いや、能楽というものの一番大事なものを、その本質とも言える部分を、見逃しているような気がする。

音もない空間で、比良坂は舞い続けている。ときおり止まり、腕を回し、足を踏み出し、違う、違う、と言いたげに、かぶりを振りながら。

僕はいつの間にか、背中にじっとりと汗をかいていた。真夏の夜気はじわじわと体の芯を侵食してきて、目の奥を絞るようにしめつけている。舞台の上の比良坂以外には、動くものもない空間。僕は身じろぎもせずにそこに立っていた。比良坂が動く――止まる。細い声で謡い、また止まる。動く。波の揺らぎのような、身体全体の動き。やがてその視線がふ、とこちらに投げられ、僕の心臓が跳ねる。

少し距離はあったが、はっきりと視線が合った。離れた場所で確かめる比良坂の顔は、よりいっそう怪しく、美しい。比良坂は動きを止め、扇を畳み、この位置からでも聞こえるほどに大きなため息を吐く。

「覗き見かい。能楽師のけいこを盗み見したやつは、その場で殺されることになっているって、知ってるかね。なにせ口伝を基礎とした芸能なものでね。秘術をその辺で言いふらされたり、盗まれたりしたら、たまったもんじゃないからな」

比良坂は笑っていた。ぞっとするような、はかない色を秘めた笑みだ。

「すみません。舞台のほうから声がしたので、つい――」

気づかれていたのか、という驚きで、僕の鼓動は早くなっている。比良坂は笑みを消して、氷のように冷たい声で言い放った。

「信じてないだろう。君、本当に殺されるんだぞ」

「殺されるんですか、僕」

「冗談だ。用事があるなら、楽屋のほうに回りなさい」

比良坂はそう言って、舞台右端の切戸口から出て行ってしまう。僕はしばらくその場に立ち尽くして、はっと我に返り、見所を出て楽屋口のほうへと回った。握りしめていた菓子の包みが、手の汗で湿り始めている。

ぱちん、ぱちんと電気のスイッチを入れる音に続いて、楽屋の廊下が明るくなる。僕は比良坂が入っていった部屋に続いて入り、開けっ放しの襖の近くに腰をおろした。包みを膝元に置いたところで、座卓の前に腰を据えた比良坂が、話しかけてくる。

「夏のご挨拶に参りました、というわけかい。ずいぶんと殊勝なことをするじゃないか」

「あ、いえ。これは、ちょっと――おいしそうだったから買ってきたんです。水ようかんですが、どうぞ」

包みを差し出してから、いや、比良坂が聞きたいのはそこじゃないだろう、と僕は自分で自分に突っ込みを入れていた。手を伸ばして包みを受け取る相手と目が合って、また言葉が詰まってしまう。これはどうも、と相手が言ったところで、今度は反射的に口を開いていた。

「なんとなく、先生にお会いしたくて」

比良坂はちらり、と僕の顔を見ただけだった。とっさに出てきた言葉だったが、嘘偽りはない。これ以上でも以下でもなく、僕はただ単純に、比良坂本人に会いたくて、ここに足を運んだのだ。

「御在宅だったら、お顔を見てすぐに帰ろうと思ってたんです。おけいこのお邪魔をして、すみませんでした」

「あいつ、ひとりぼっちで死んでやしないだろうな、って、見に来てくれたってわけか。ありがたくも、まだ生きてるよ。もっとも、君に『見えてる』からと言って、私がまだ生きているとは限らないだろうがね」

「そんな――」

生きている人間だと思っていたものが、実は主人公にしか見えない死者であった……そんな映画がありましたね、と言いかけて、僕はまた口をつぐんだ。冗談と捉えるべき比良坂の言葉に、不吉なものを感じてしまう。なんだろう、この感じは。目の前にいる比良坂は確かに生きていて、危ういもののひとつも感じさせないのに。

危うい、もの。

「先生」

比良坂は菓子の包みを丁寧に座卓へ置き、また僕を見つめる。黒々とした、星のない夜空のような瞳。舞台の外にいるときの比良坂は、その目の奥にどこか暗いものを潜めている。

「ずっと前からお聞きしたかったことがあるんです。幽霊のことと、比良坂先生がなさっていることについて」

比良坂はこちらに横顔を向け、天井を仰ぐように顎を上げた。僕は拳を握りしめて、続ける。

「比良坂先生は、ご自分が装束をつけて、面をかけて、シテを務めているときに——そのお体に幽霊がおりている、というか、とりついていることをご存じなんですよね。それは、ずっと前からだったんですか？　僕は物心ついたときから幽霊が見えていましたが、比良坂先生もそうだったんでしょうか。小さい頃から、舞台には立たれていたと思うのですが」

「雑誌のインタビューみたいな聞き方やな」

少し関西の方言を交えて、比良坂が答える。彼が西の言葉を使うのは、相手との間に距離があるときだけだ。胸にじわっと広がった不安をこらえて、僕は次の言葉を待つ。

「見える、というのはなかったけどね。まあ、小さい頃から、そういうのがおるんやろなということはわかってましたよ。三歳で初めて装束をつけて舞台に立ったけどね、幼いながらに、ああ、ここは、僕が生きてる世界とはちょっとちゃうところなんやろなってことはわかってましたわ」

　僕は頷く。比良坂はまるで独り言を漏らすかのような調子で、語り続けた。

「シテを務めるようになってからはしょっちゅう、ああ、今、なんや自分とは違うもんがこの身体を通して泣いたり、叫んだり、怒ったりしてるなってのはわかってましたよ。舞台を下りて、面を外すときには、おらんようになってる。まあ、その辺をさまよってる幽霊みたいなもんがとりついてるんやろうなとは思ってたけど、そんなん誰にも言いません。言うたところで誰が信じてくれるわけでもなし、それに――私にとりついたかて、その人たちがそのあとどうなったかなんて、教えてくれる人があるわけやなし。それだけのことでしょう」

「先生にとりついた幽霊は、みんな救われています。僕には、成仏だとか、そういうの、よくわからないんですけど――悩みが解決しただとか、吐き出せてよかっただとか、たぶんそういう思いでこの世を去っているんだと思います。僕には――僕には、できませんでした。見えるのに、ずっと、何もできなくて。だから先生のことを、すごいと思ったんです。この世とあの世を繋ぐ、能っていう芸能が、すごいと思ったんです」

　一息にそう言った僕に、比良坂はまたちらっと視線を投げてきただけだった。切れかけの蛍光灯が、僕らの頭上で瞬く。今ではほとんど見なくなった、人工の白い明かりの下で、僕はこちらに身体を向けようとしない相手と対峙している。こつん、と、大きな虫が窓ガラスにぶつかる音がした。

「僕は、ずっとずっと探してたんです。泣いている幽霊たちを……昔は確かに生きた人間だった人たちを助けるには、どうしたらいいかって、考え続けてたんです。伝言とか、やり残したことを代わりにやるとか、いろいろ試してみたんですけど、でも、だめで。比良坂先生についた幽霊が、救われるところを見て、何か――僕がその人たちにできることが何かわかるんじゃないかって。教えてください、比良坂先生。能に関わる人はみんな、先生みたいな力を持ってるんですか？　この世とあの世を繋ぐ方法みたいなものを、能楽師はみんな、知ってるんでしょうか？」

「当たり前だ」

元の口調に戻った比良坂が、すらりと言い放つ。切れ長の目を流すようにこちらを見て、彼はさらに続けた。

「能楽、というものが、もともとそういうものなんだよ。能舞台はこの世とあの世のあわい、橋掛かりだけではなく、能舞台そのものがあちらの世界の懸け橋となっているんだ。橋、だよ。君の名前と同じ。君だって長年、死んだ人と生きた人を繋ぐ橋となろうとして、必死にやってきたんじゃなかったのかね」

そう言い放った比良坂は、ただ表情を消して僕のほうを見ていた。死んだ人と生きた人を繋ぐ橋になろうとして、必死にやってきた。その一言一言が、僕の胸を握りつぶす。あふれてきた涙が一筋、頬をこぼれ落ちる。泣いている僕を見ても、比良坂は眉のひとつも動かそうとはしなかった。ただ、淡々とした、感傷のひとつも込められていない口調で、こう続けた。

「昴。今度は君が答えなさい。君の言う『助ける』とは、何をゴールとしているんだ。幽霊たちがこの世の未練を断ち切ることか？　君が間に入って、家族や恋人同士の問題を解決してあげることか？　それとも、もっと宗教的な何かなのか。ここ数か月、君といっしょにいさせてもらったが――私にはわからんね。君が、それほどまでに苦しむ意味が」

「……何もできなかったからです」

「だから、その『何』が何を意味しているのかと、聞いているんだ」

「先生。僕は、幽霊が見えて、その人たちの話を聞けるからって、何かができる気になっていたんです。でも、でも、どれだけ話を聞いても、何かを代わりにしようとしても、すっきりと解決したことはなかった。先生にとりついた幽霊がすっと浄化されるみたいに、成仏した人なんて見たことがなかったんです。だから僕は――ああ、やっぱり、自分は今まで何もできなかったんだって――」

「だから、ためらうのか」

叩きつけるように、放たれる言葉。比良坂はこちらに向きなおっていた。白い顔に穿たれた瞳と、真正面で視線が合う。

「君に初めて会ったときには、ずいぶんとおせっかいな人間がいるものだなあ、と思ったものだがね。何だ？　自分よりもっとうまくやれる人間がいるから、やる気をなくしたとでも言いたいのか。そういうことなんだろう。君の今までの話しぶりからすると、ね」

違います。そう叫んだ心を抑えて、口が勝手に言葉を放つ。

「僕は、傲慢なんです」

比良坂の口元が、ぴくりと歪む。深く息を吸ってから、僕は続けた。

「相手がそう望んでいるかどうかもわからないのに、どんどん、相手の中に入っていこうとするんです。その結果、何も成し遂げられなかった。それでかえって相手を傷つけるくらいなら、いっそでしゃばったりしないほうがって――」

「だから、私が前に『助けてほしい』と言ったときも、無視をしたんだな」

言い放たれた言葉。

比良坂は、笑っていた。皮肉も、嘲笑も、いっさい感じさせない、ただ純粋な笑顔だった。僕は息を詰まらせる――こんな風に、人に見つめられたのは初めてだ。悪意でもなく、懇願でもなく。比良坂はただ、僕を見て微笑んでいた。ずきり、と、痛み始める胸。やめてくれ、と僕の中の僕が叫ぶ。これは、同じだ。

僕が助けられなかったたくさんの幽霊と――そして父と、比良坂は、同じ目をしている。

「無視、じゃありません」

聞こえなかったふりをしていたわけではない。ちゃんと覚えている。あれ以来、ずっと考え続けている。比良坂にとっての救いは何なのか。なぜ彼が、僕に向かってその言葉を放ったのかも。面倒だから放っておこうだなんて、そんなことを思っていたんじゃない。

彼のことを助けたいんだ。心の底から。

でも。

「怖いんです」

そう言った僕に向かって、比良坂は静かにまばたきをしてみせた。まわりのすべてのものが、鈍く、ゆっくりと動く感覚。

「怖いん、です。僕が何かをすることで、誰かが、決定的に、壊れてしまったら、って」

虫が窓にぶつかる音が、はじけるように響いた。

比良坂はその窓ガラスに目をやって、白い鱗粉の跡を見ている。ちりちりと、指先を焼くような、間。比良坂が黙っているあいだ、僕は座卓に置かれたその手を見つめていた。細い骨の一本一本に貼られた、滑らかな皮。浮き上がる静脈。確かに生きている人間の証が、今の僕にはやけに生々しく映る。

「それは、君が心配することじゃない」

比良坂は言った。母猫が子猫を呼ぶような、甘ったるいほどに優しい声だった。

「私は、とうに行くところまで行っているからね」

蛍光灯の紐が、ゆらりと揺れる。

風のない室内で揺れ動いたのは、僕の視界のほうであったのかもしれない。

2

高校生の頃はずっと、「行きつけの喫茶店」というものに憧れていた。

カフェ、ではなく、喫茶店がいい——三十年も四十年も店をやっていて、椅子にもテーブルにもそんな時間の堆積が感じられるような場所。少し薄暗くて、コーヒーは苦く、おいしい。店主は物静かだが優しくて、いつも穏やかに迎え入れてくれる。どこ、とは言えないが、誰もが必ず一度は、入ったことのある場所。ちょっと落ち込んだときなんかは、そこに行って黙々とナポリタンを食べるんだ。そこで流れていた音楽の歌詞に、救われることがあったりして。

そんな妄想めいた憧れにぴったりの場所が、「螺髪」なのかもしれないな——と、僕はまた昼下がりの奈良町を歩いていた。からからと回る自転車のチェーンの音が、規則正しく響く。九月。大学はまだ夏休みだが、博士論文のための資料探しに休みはない。いろいろと考えることが多くて——気づけばマンションを飛び出していた。外に行けば気分も変わるだろうか、という期待。それに、なんとなく——そこに行っても比良坂には会えないだろうという予感もあった。夜に能楽堂を訪ねてから、四日が経っている。まだ数日しか空いていないのに、会っていないときも四六時中比良坂のことを考えているからなのか、ずいぶんと長く彼の顔を見ていない気がしていた。

店の前の小さな駐車スペースの端に自転車を止め、一枚板の扉を押す。からん、ころんとベルが鳴り、店内の涼しい空気が頬を撫でる。

「――ああ、いらっしゃい」

店主の八幡が、すぐに気づいて笑顔を見せてくれた。比良坂の姿はない。

「こんにちは。お久しぶりです」

ぺこりと頭を下げ、僕はカウンター席に腰をおろす。比良坂とここで鉢合わせをして以来、何度か店に足は運んでいたが、このところは二週間くらい顔を出していなかった。出された水をありがたくひと口飲み、コーヒーとナポリタンを注文する。ちょうどいいボリュームで流れているジャズが、耳に心地いい。

「紅苑先生さ、最近来てないんだよ。もう一か月くらいかな。お弟子さんたちはたまに来るから、元気にしてるって話は聞くんだけど。薪能《たきぎのう》のけいこが忙しいのかな」

コーヒーを淹れながら、八幡は僕の考えを読んだようなことを言う。予感は当たっていたらしい。僕はちょっとだけ姿勢を正し、言葉を返した。

「薪能――九月の平城宮跡のやつ、ですよね」

「そう、そう。うちにもチラシが置いてあるよ」

八幡が指し示したカウンターの隅に、チラシが積んであった。平城宮跡　薪能。曲は高砂。シテには比良坂紅苑の名前がある。

薪能――夜間に屋外の能舞台（常設のものは少ないので、多くは仮の舞台を組むことになる）で行われるもので、その起源は毎年五月に行われる興福寺の「薪御能」とされている。薪の明かりに照らし出される舞台は美しく幻想的で、また屋外という性質上、たくさんの観客を入れられることも多いため、普段の能公演よりも比較的大きなイベントになるのだが——僕はまだ、比良坂からこの公演のチケットを買ってはいなかった。正式に発売されたのは確か二か月ほど前だったはずだ。彼がシテを務める舞台のチケットを直接「売ってください」と言えなかったほどに、僕は彼から距離をおいていたということになる。

「すごい、ですよね」

自然と、そんな言葉が漏れていた。カウンターの向こうの厨房からは、酸っぱく甘いケチャップのにおいが漂ってくる。

「こんな大きいイベントでもシテを務められるのって、やっぱり比良坂先生はすごいって、そう思います」

チラシを一枚手に取って、僕はつぶやく。こちらに視線を投げた八幡が、はきはきとした声で答えた。

「だよ、ねえ。普段はあんな、ちょっと性格に難あります、みたいな青年って感じなのにね。やっぱり比良坂流の宗家を若くして継いでるだけあって、すごいよ、紅苑先生は。もちろん、周りの後押しもあってのことだけどさ。うちのばあちゃんも、紅苑先生の先代にけいこしてもらってたけどね、紅ちゃんは頑張ってるって、よく言ってる。若いのに大きいものを背負って、大変だろうにって」

「八幡さん、おばあさまがおけいこをしていらっしゃったんですか」

比良坂流の先代――比良坂の父の話が出てきて、僕はどきりとする。八幡はにこり、と微笑んで、手元のフライパンに視線を落とした。

「うん。僕も小さい頃はよくけいこ場に連れて行ってもらってたよ。小学校に上がるか上がらないかのときに、ちょっとだけおけいこもしたかな。たぶんその繋がりがあって、紅苑先生もうちに来てくれるようになったと思うんだけど」

「そうだったんですか。じゃあ、比良坂先生ともそのおけいこ場でお知り合いになったんですね」

「ううん。小さい頃の紅苑先生は、奈良にほとんど来ることがなかったから。舞台があるときだけじゃなかったかなあ。先代が、紅苑先生にけいこをつけるときに毎回上京してはいたみたいだけど」

「それじゃあ――」

「うん。僕と紅苑先生、知り合ったのはつい二、三年前なの。誰かから聞いたみたいだね。お父さんの元弟子の孫が、ここで喫茶店をやってるよって。お店に初めて来たとき、そんなことを言ってたから」

離れ離れに暮らし、自分の営むけいこ場にも連れてきてはくれなかった、父親。

助けてくれ、と笑った比良坂の顔、目にしたニュースの文字、いろいろなものがないまぜになって、僕は手元にあったおしぼりを握りしめる。じゅう、と軽快な音が響いて、香ばしいにおいが漂ってきた。八幡はナポリタンの隠し味に、醤油を入れるらしい。

「寂しかったんじゃないかな、紅苑先生。お父さんがプライベートではどんな人だったか、そういうこと……あんまり知らないらしいし」

どうぞ、と、出来立てのナポリタンを供して、八幡は笑う。パスタの赤とピーマンの緑、そしてチーズの白に彩られた鮮やかな皿から、細い湯気が立ちのぼっていた。

大きな台風が、関西に近づいているらしい。

奈良への直撃はなさそうだが、ここ二、三日は強い風と雨に注意してください――と朝の天気予報が伝えていた。そういえば、今日はいつもより風が強い気がするな、と、僕は佐保川沿いの道を歩いていく。西のほうの雲が、少し黒い。雨の気配を感じてか、すれ違う人たちはどこか家路を急いでいるようにも見える。

大学の北側からやすらぎの道を渡り、さらに西へ。分岐する道を川に沿って歩いていき、記憶を頼りに目的の場所を目指す。確か、大佛鐵道記念公園の前を抜けて、川沿いにどんどん進んでいったはずだ。灰色のコンクリート造りの門に「青山」の表札。道からも見える立派な松――あった。

「あれ、君。橋野くん、だったよね？」

青山は前と同じように庭の縁台に腰をかけ、こちらに笑顔を見せてくれた。僕も微笑んで、会釈を返す。

「こんにちは、青山さん。入ってもいいですか」

どうぞ、と導かれ、僕は青山邸の庭に足を踏み入れる。張り出した松の枝が、青山の頭上を守るように覆い隠していた。

「台風が来るんだってね。直撃はないみたいだけど、こいつが心配でね」

青山はその青々とした葉を仰ぎ見て、声を漏らす。横に腰をかけた僕に視線をやって、今度ははにかむような笑みを見せた。

「いや、今の僕がどうこうしてやれるもんじゃないんだけどね。僕には子供もいないし、犬や猫を飼うのもかわいそうな気がしてたから、残したものといえばこの松ぐらいなものでね。この世に未練なんかないって思ってはいたけど、どうしても気になるんだよ。妻とふたりで植えてから五十年以上、枯れもせずにここまで頑張ってくれたんだから」

「大事にされてたんですね」

「庭木についてはまったくの素人だったけど、こいつにだけは生きていてほしくてね。この家が売り出されたら、こいつ、どうなっちゃうのかなあって思ったりもするよ」

「僕が買い取って、その、面倒を見るっていうのは……だめ、ですよね」

とっさに答えてから、何を言っているんだ、お前は、と僕は自問した。買い取る？　学生の身分で、青山が残したこの家を、か？　反射的に出た言葉とはいえ、その無責任さが恥ずかしい。唇を噛んでいると、青山が軽快な声を出して笑ってくれた。

「あはは、いや、ありがとう。君は本当に、なんというか、責任感の強い子なんだな。困ってる人を見ると、放っておけないタイプだ。そうだろ？」

「はい……」

「いや、とかく親切が美徳とはされない世の中だけどね、僕は好きだよ、そういう人間がさ。そういう人間として生きたくて、弁護士をやってたくらいだからね」

「青山さんは――どう、ですか。そういう生き方をしてきて、後悔されたことはないですか」

僕は問いかける。青山は松の枝を仰ぎ見るように視線を上げて、言った。

「後悔、は多いかな。ちゃんとしてあげられなかった依頼人も多かったしなあ。一生懸命に仕事ばっかりしてきたつもりではあったけど、ふと寂しくなることもあったよ。家庭というものに関しては、本当に後悔しかない人生だったなって。妻のことを、もっと、もっと、気をつけてもつけすぎることはないと思って大事にしていれば、何か変わったのかもしれないなって」

「青山さんは、奥さんをないがしろにするような人には見えません」

青山はゆっくりと目を閉じ、深い息を漏らすような表情を見せた。やがて瞼を開けて、静かな風のような声で言う。

「ありがとう。うん、大事にはしてきたつもりなんだよ。けれど、つもりだけじゃだめなんだなって、そう思うこともあってね。いろいろあってから謝ったって、遅いんだって」

僕は膝の上の拳を握りしめる。「特別なひとり」を持たない僕には、青山の気持ちなどわかりようがないのかもしれない。けれど、きっと、青山と僕の傷は、そう遠くはないところで一続きになっている。身近な人すら、守れない自分。その償いとして正義を行おうとしても、失ったものの穴が塞がるわけではない。

「生前はね、よく対岸の家の松を見て、慰められてたものだよ。ああ、僕と別れ別れになっても、妻はちゃんと生きていてくれるんだなって。それだけを頼りに生きてきた節があるから、この松だけはなんとか大事にしたかった。向こうがどうであれ、僕は妻のことを忘れないでおこう、よかった日のことを、ちゃんと記憶に留めておこうって、そう思ってたから」

相手の視線を追うようにして、僕も対岸の家に植えられた松に目をやる。距離があっても、この青山邸と向こうの松がまったく同じ形をしていることは、はっきりとわかった。距離を隔てていても、通じ合っているかのようなその姿。青山の妻が、別れた夫に対してどんな思いを抱いていたのかはわからない。彼女がなぜ、夫婦の思い出としての松とそっくりなものを植えたのかも。そのあたりの理由がわかれば、青山が僕に出した問題の答えも見えてくるような気がする。

「青山さん」

呼びかけて、僕は上着のポケットにしまっていたチラシを取り出した。黒い背景に浮かび上がる薪の明かりと、白い装束を身にまとった「神」の姿。青山は僕が差し出したそれを、じっと眺める。公演曲のタイトルやそこに書かれている出演者の名前を、一文字一文字なぞっているかのような表情だ。

「僕がお世話になっている人の舞台なんです。その『高砂』という曲が——まるで青山さんと奥様みたいだなって、そう思ったので」

「高砂の松と住吉の松。遠く隔たっていても、通い合う愛の象徴、か」

すらすらと出た言葉に、僕は目を丸くする。青山は照れ臭そうに手を振って、言葉を続けた。

「いや、能に関しては素人だからね、その解釈が合っているかどうかはわからないよ。でも、確か神様が出てくる、おめでたい曲って感じじゃなかったかなあ。結婚式でも昔はよく謡われてたよね。高砂や、ってやつ」

まさに青山の言うとおり、「高砂」は謡曲の中でももっとも有名なもののひとつとして知られている。都見物の道中で播州高砂に立ち寄った神主の前に現れる老夫婦。高砂と住吉、相生の松と呼ばれる二本の化身である夫婦は、とこしえの御代を祝い、自らの正体を明かして姿を消す——夫婦和合の曲としても名高いこの曲は、住吉明神が颯爽と神舞を舞う後段も含めた全編が凜とした力に満ちて、すがすがしい。有名な曲であるとはいえ、すらりとテーマを言えるほどに詳しいとは。

「青山さん、この曲を見られたことがあるんですか」

「うん。奈良の公会堂とか興福寺の薪能でね、二回くらい見たことがあるかな。あのね

——僕、このシテの子を知ってるんだよ。この子のお父さんのことも。僕が、ずっと相談を受けていた依頼主だったから」

不意に出てきた名前に、僕は身をすくめる。八幡の店でも、ここでも。また、めぐり会った。僕が今一番知りたいと思っている人のことを、知っている相手に。

縁なのか、奇妙な導きなのか。何かに足元から包み込まれるような感覚がして、僕は唾を呑み込む。

「依頼主さん、ですか。比良坂紅苑先生のお父様が？」

「紫水先生だね。橋野くん、君、紅苑くんのお弟子さんだったのかい」

「大学で日本文化史を研究しているので、その繋がりもあって、お世話になってるんです。紅苑先生のお父様には、お会いしたことがないんですけど」

「きれいな人だったよ。なんだか、彫刻みたいな整った顔でさ。物静かで、いつもちょっと寂しそうに笑ってる人だったね。妻とはもう離婚寸前だとか、いやもともと結婚生活を続ける気なんてなかったんだろうとか、家庭に関してはいろいろ言われてたけど——本人は至って、純粋な人だったように思うよ。していることは世間からすれば褒められたもんじゃなかったかもしれない、けどさ」

「奥さんと子供……紅苑先生とはいっしょに住まずに、別居をしていた件ですか」

「金は出すしひとり息子のことを後継ぎとして技術を伝えはする、けれど家族としての付き合いはしないってなると、そりゃあ悪いやつだって責められもするだろうね。実際、僕もひどいやつだ、美しいから、人当たりがいいからって許されるもんじゃないぞって思っているところは、ちょっとだけあったし。でも、とにかく、難しい問題だったんだよ。紫水先生は……急死しちゃったからね。本人も道半ばって感じで無念だっただろうけど。とにかく最期まで、死ぬ直前まで、いっしょに住んでる恋人になんとか財産分与をできないかって、僕のところに相談に通ってたんだ。もちろん、妻と子供にも十分なお金を残す前提でさ。道義的なものとか法的な制約とか、いろいろと絡み合って、本当に難しい問題だった」

僕は視線を逸らす。比良坂の父親は、いっしょに住んでいた男性のことを、愛していたのだ。では、妻や子供のことは？　わからない。最期の瞬間に隣にいたのがその男性で、紫水は幸せだったのだろうか。それが妻や子供であったとしたら、彼はどう思ったのだろう。わからない。何も。

幼い比良坂はずっと、その黒い瞳を通して何を見ていたのだろうか。

「依頼人の話なんて、外に漏らすもんじゃないんだけどね。まあ、僕自身死んでる身ってことで、ご寛恕願います、だよ。君はそういうことを言いふらす感じでもないし」

「紅苑先生のお父様の事故については、僕も知っていました」

僕は答える。耳を傾ける相手に向かって、さらに続けた。

「紅苑先生、お父様が急死されたショックに加えて、いろいろと抱えるものがあったんだろうなって、そう感じています。ところどころにその傷が見えることもあるんですけど

——そのあたりのこと、ご本人には何も聞けていなくて。紅苑先生がお父様に対してどんな思いをされているかも、聞いたことがないんです」

「家族の問題となるとね。踏み出しにくいところはあるね。手を差し伸べなければいけない問題までが潜在化しちゃうとまずいから、なるべく外に向かってSOSは出してほしいけど——本当に難しい問題だ、これは」

そう言葉を切り、青山はまた頭上の松に視線を投げる。ひゅう、と吹き付けてくる風に、薄い湿気が混ざっていた。

「ちょっとだけ、わかる気がします」

僕は言葉を漏らす。こちらに顔を向けた青山と視線を合わせて、言葉を継いだ。

「普通の、幸せな家庭って何だろうって、いつも思うんです。離れ離れに暮らしていたら、それは幸せでも家族でもなくなっちゃうのかなって」

「だよ、ね。人それぞれ、気持ちの問題だって言えば、それまでなんだけど——」

比良坂は父と離れ離れに。青山は別れた妻と離れ離れに。隔たった場所で生活している彼らは、「家族」ではなかったのだろうか。家族だから、愛し合わなければいけないのか。愛し合っていなければ、家族ではないのか。愛という言葉では説明できないものがあるとしたら？　みんな、同じだ。比良坂も青山も僕も、そしてほとんどの人が、この単純で身近すぎる呪いに悩まされ続けている。

青山は静かに目を閉じた。思い出に沈んでいくようなその横顔をしばらく見守って、僕は声をかける。

「青山さん」

手に持っていたチラシをもう一度差し出し、相手の視界に入れる。この世に留まる幽霊たちは、物を持ったり動かしたりすることができない。青山が縁台に座っているのは、あくまでも「そう見える」状態にあるというだけなのだ。彼が腰をおろしても竹の縁台は少しもたわむことなく、生きている人はその姿に気づかず、前を通り過ぎてしまう。死者たちはあくまでも、この世からはじき出された存在でしかないのだから。

「よかったら、この公演を見に来てください。青山さんにも、紅苑先生の活躍を見てほしいんです」

高砂という曲のテーマが今の青山に何らかの影響を与えるかもしれないこと、それによって解決されるものがあるかもしれないことは伏せて、僕は相手の目を見る。青山はシテを務める比良坂と一体化し、共に謡い、舞うだろう。今回のシテは人間でもなく、異形でもない、まごうことなき「神」という存在だ。その透徹した精神構造と共にあることで、青山にどんな変化がもたらされるか。変わらない、かもしれない。けれど、それは本人にしかわからないことだ。僕にできることは導くこと、ただそれだけなのだから。

「高砂か。そうだね、見に行こう。そうか、紅苑くんも、立派なシテ方になったんだな――」

不意に言葉を切って、青山は顔を上げる。はっとした表情で門のほうに視線を向け、唇を薄く開いていた。高く響いてくる、子供の笑い声。それに答えるかのような、大人の優しい声。それがだんだんと近くなってくる。青山は目を見開いたままで、その声のするほうから視線を背けようとしない。

「青山さん？」

ひときわ高い笑い声が上がって、三歳くらいの女の子と、その母親らしき女性、そしてまたその母親らしき五十代くらいの女性が、門の向こうに姿を現す。女の子は母親らしき女性に手を引かれ、まるで歩くこと自体が楽しいのだと言わんばかりの笑みを浮かべていた。そのふたりの後ろを、おそらくは少女の祖母である女性が、にこにことついて行く。お散歩、楽しいねえ。明日台風来るのかな。そんな他愛もない会話を、互いに交わしながら。

東に向かう三人の姿が見えなくなってから、僕ははっと息を呑んだ。確か、近くには橋があったはずだ。川の対岸の住宅地に向かう、小さな橋が。青山は七十五歳で命を落としたと言っていた。別れた妻が青山と同じ年齢であったとすれば、その子供が——さきほどの祖母くらいの年齢であったとしても、おかしくはない。

青山は膝元に視線を落とし、両手をきつく握り合わせていた。僕は身体ごと相手のほうに向きなおり、語り掛ける。

「青山さん。まさか、さっきの人は」

「橋野くん。見ただろう、さっき、娘と孫といっしょにここを通り過ぎて行った子……女性を、さ。あの対岸の家の松はね、あの子が生まれたときに植えられたものなんだ。僕もびっくりしたよ。あれは偶然なんかじゃない。たまたま起こったことじゃないって、そう思ったんだ」

僕はまた、短く息を呑む。

青山の妻であった女性が住む、対岸の家。青山の元妻はなぜ、自分の娘が生まれたときにあの松を植えようと思ったのだろうか。松は青山邸のものとそっくりに育ち、今も川を隔てて向かい合っている。

自分たち夫婦はお互いを憎んで別れたわけではない、と青山は言っていた。愛し合っていたのならば、なぜ別れなければならなかったのか。二本の松は、いったい何を示しているというのだろうか。

青山は両手で顔を覆っていた。隠された唇から、かすかな声が漏れる。

「すまない、橋野くん。割り切ろう、割り切ろうと、ずっと思ってることだったんだけど。まさか、死んだあとにまで引きずるとはね」

そう言って、青山は静かにすすり泣きを始めた。僕はかける言葉もなく、しばらくその背を見守る。絞り出すような声が、青山の口から漏れるまで。

「ごめん――ごめんね。ちょっと、ひとりになるよ」

ひとりにしてくれ、とは言えなかったのだろう。僕を追い払うような言葉は使いたくない、という、青山の気遣いが伝わってくる。

「……すみません。お話できて、嬉しかったです」

立ち上がり、顔を隠した相手に会釈をしてから、僕は青山邸の門から川沿いの道に出る。さっき通り過ぎて行った三人の姿が、細い橋の上に見えた。子供の無邪気な笑い声が、ここまで響いてくる。

その影が見えなくなるまで、僕はただ呆然と立ち尽くしていた。まだ、家に帰る気にはならない。歩けるところまで歩いていこう。そう思って振り向いた、その瞬間。

心臓が、どくりと音を立てて跳ねた。

「――比良坂、先生」

まだ葉を落としていない桜の木の下に、比良坂が立っていた。

「どうして――」

ここにいらっしゃるんですか、と言いかけて、僕は八幡の言葉を思い出す。寂しかったんじゃないかな、紅苑先生。お父さんがプライベートではどんな人だったか、そういうこと……あんまり知らないらしいし。青山は比良坂の父、比良坂紫水から依頼を受けていた弁護士だ。彼が死んだことを、比良坂本人は知っているのだろうか。

「青山さんに会いに来られたんですか、先生」

比良坂はまるで僕の声が聞こえていないかのように、すぐそばの木の上を見上げる。声だけが聞こえてくる雀の姿を、探そうとしているのかもしれない。

「すみません。僕、散歩をしていたら、たまたま青山さんの家の前を通りかかって。幽霊になった青山さんと、少しだけお話をしました。平城宮跡の薪能の話になって、そこから——青山さんが、先生のお父様からのご依頼を受けている弁護士さんだったということも、お聞きしました」

比良坂はまだじっと、木の枝を見つめている。湿気た風が、ざわざわと緑の葉を揺らしていた。

「青山さん、紅苑先生のこと、立派なシテ方になったんだなっておっしゃってて」

こちらに顔を向けた比良坂と、真正面で視線が合う。

僕は、その壊れそうな美しさの中に、取り残されたものがあることに気づいていた。比良坂の奥の奥で膝を抱えている、小さな子供。黒い瞳の中にその姿が沈んでいる。その少年は広い部屋でひとりぼっち、父親が「帰って」くるのを待っていた。戻って来てくれるはずだ。父親が、本当に自分を愛しているなら——と、無邪気に祈りながら。

同じだ。

かつての僕と、幼い頃の比良坂は、同じように大事な人を待ち続けていたのだ。

美しい人間だったという、比良坂の父親。息子である紅苑にけいこをつけに来ても、彼はその黒い瞳と視線を合わせようとはしない。幼い紅苑だけがただひたすらに、黒紋付きを着た父親の背中を見ている。お父さん。お父さん、こっちを見て。振り返ってよ、お父さん。目にしたことがないはずの光景、そこに居合わせたはずのない場面が、僕の頭の中でフラッシュバックする。お父さん。お父さん、こっちを見て。お父さん——。

「本当によくやってるって、青山さんも……お父様のお弟子さんだった人も、八幡さんも、みんな——」

みんな、みんな、紅苑のことを褒めている。そして、同情している。あの子は、かわいそうな子だから、と。「普通」じゃないから。家庭にいろいろと、問題があったから。哀れだね。かわいそうにね。苦労しても、本当によくやってるよね。きっと、比良坂がほしいのは、こんな言葉じゃない。

かわいそうだなんて、言ってしまったら。

間違っていたみたいじゃないか。比良坂と父の在り方が。比良坂と、父の、繋がりのすべてが——。

「僕は」

比良坂は、まだ僕の顔を見ている。初めて大学のキャンパスで会ったときのように、まっすぐ、凛とした表情で。

「比良坂先生のいろいろな事情を、詳しくは知りません。でも、先生のことを、すごいって思ってます。初めて見たときから、すごいって。そう思ってます」

そうだ。何よりも僕は、比良坂の技能に、その透徹な精神に、美しさを体現するその魂に、何の屈託もなく惹かれていたのだ。幽玄の世界と、いとも簡単に繋がってしまえるもの。僕に欠けていたすべてを、比良坂は持っていた。だから、僕は。

比良坂のことをもっともっと知りたくて、彼の背中を追いかけていたのに。

「先生」

一歩を踏み出す。突き上げるような衝動に駆られて、僕は一息に言葉を吐きだしていた。

「僕、先生に僕のことを何もお伝えしていませんでした。僕は――僕は、一番身近な人のことを助けられなかったんです。大好きだった父を、僕のせいで壊してしまったんです。僕がいなければ、父はもっと楽に生きられていたはずなのに」

ずっと動かなかった比良坂の表情が、揺らいだ。その唇がかすかに歪められる。はっきりとこちらを見ていた視線が、ほんの少しだけ逸れる。比良坂は何も言わない。相槌すらも打とうとはしない。けれど、彼は確かに僕の言葉を聞いていた。

「だから、怖かったんです。助けてあげますよ、って、誰かに手を伸ばすことが。怖かったのに、今度はうまくやってみせるって、困っている幽霊たちには手を差し伸べているつもりで――その人たちを本当の意味で救うことはできませんでした。できていない、ということと、正面から向き合うことが怖かったんです。先生に出会って、圧倒されて、自分のことをもう一度見つめなおさなくちゃならなくなって」

「そうか」

比良坂は空を振り仰ぐようにして顔を逸らし、短くそう言った。秋の風に乗って、透明な声が届いてくる。

「そういうことならば、納得もできる。他人は自分を映す鏡だ。君が感じた葛藤は、私の葛藤でもあるんだろうよ。世界に向かって、何ができますか、と叫んでいる、愚かものだ」

「先生。僕は――先生のために、何ができますか」

吹き付けてきた風に、無数の木々の枝がいっせいに軋む。

比良坂がまっすぐに、僕の顔を見た。

「初めてだ」

濁りのない声。比良坂は見たこともないような穏やかな表情で、目を細めていた。

「初めてだな。君が私に、真正面から手を差し伸べてきたのは」

そう言われて、僕の胸がまたどくりと脈を打つ。僕は、比良坂に何も伝えられていなかったのだろうか。幽霊が見えること、彼らを救う方法をずっと探していること。そのために比良坂を知ろうとしていること。すべてを包み隠さずに話しているつもりだった。そのつもりだったが、違う。僕は根本的なことを、何も彼に伝えてはいなかった。なぜそこまで人を救うことにこだわり、悩むのか。家族というものの事情に踏み込むことに、ためらいを覚えるのはなぜか。比良坂の叫びに、すぐに答えられなかったのはどうしてなのか。そのすべての答えとなるものを、僕は誰にも伝えてはいなかった。ただ、簡潔な、この事情を。

「父は、僕がいたせいで、逃げられなかったんです。仕事から、『家庭』から、義務や役目というものから逃げられなくて、心を徹底的に壊してしまったんです。父は――絵を描いていました。植物の絵ばかり描く、不思議な画家でした。けれど僕たち家族のために働かなくてはいけなくて、それでもいろいろ足りなくて、父は……ある日突然、潰れてしまいました。ベッドの中で動けなくなって。まだ七歳だった僕の見ている前で母親たちと揉めて、どこかに行ってしまって。それ以来僕は、父に会っていません。母も祖母も、おじもおばも、みんな、父の居場所を教えてはくれないんです。けれど……父と親しかった人が、僕が中学生になったときに、教えてくれたんです。あの人は死んだよ、自分で死んだんだって――」

人を救おうとするんじゃない。自分が傷つくだけなのだからね。昴、お前は自分自身を救うことだけを考えて生きて行きなさい。

救済を否定するかのような父の言葉。僕は長い間、この呪いに縛り付けられていた。父は僕のことを大事にしてくれている。僕のやることは、すべて認めてくれていた――はずなのに、父はそのことだけをずっと、ずっと否定し続けていたのだ。手を差し伸べるな。放っておくんだ、と。今ならわかる。あれは処世術や一般論なんかじゃない。

父は、自分に差し伸べられていた僕の手をそっと、押し戻そうとしていたのだ。きっとそれが父にとっての鎖になるから。僕にとっての、背負いきれない重荷になるから。

僕が助けようとしていたのは、目の前にいる幽霊なんかじゃない。文字どおり自らの身体につきまとって離れない、父を救えなかった幼い僕自身の「亡霊」であったのだ。

けれど、今目の前にいる比良坂は違う。

僕は生まれて初めて、今生きている人間の力になりたいと望んでいる。

「比良坂先生と僕の事情が、まったく同じではないことも、わかっています」

また一歩を踏み出して、僕は真正面から比良坂と対峙していた。少し手を伸ばせば触れられる距離まで、その身を乗り出していた。

「でも、先生が今も苦しい思いをしているなら、ちょっとでも助けになりたいって、そう思ってるんです」

比良坂は透明な目で僕を見ていた。彼の背負う西の空が、紫と茜色のグラデーションに染まっていく。白い犬を連れた人が、買い物袋を提げた自転車に乗る人が、僕たちの横を通り過ぎていく。流れていく日常の景色の中で、僕らだけが切り取られた影絵のように、浮かび上がっていた。

「……待っていたんだよ。ずっと」

何を、とは言わない。僕も問いなおすことなく、ただ黙っていた。比良坂が目を閉じる。軽く開いたままの白い手に、葉脈のような血管が浮き上がっている。

「小さい頃は、ずっと待っていた。父親は家族といっしょに家にいるものだ、っていう概念を知ったあとはね、ずっと待っていたんだよ。かわいい子供だろう。お父さんはいつもけいこをしたら帰ってしまうけど、そのうち家に帰って来て、いっしょにご飯を食べてくれるんだってね。リビングの扉が開くのを今か、今かとずっと見ていたときだってある。滑稽だろう？　それが、私の家の『事情』だったんだ。事故の前から公になっている、私の家の事情というものだった――」

父親は自分を愛している。父親は自分のそばにいてくれるものだ。

幼い比良坂と僕は、同じ目をして「その人」を見つめていたに違いない。

その手を握ってやりたくなる衝動をこらえ、僕はただ耳を傾ける。比良坂は僕のほうに顔を向けて、少しかすれた声で言った。

「みんな事情を知っているからね。かわいそうだと言われたり、徹底的にその話題を避けられたりすることはあっても、助けてあげましょうという人はいなかった。ほんの少しだけ——こちらの本音を聞いてほしかっただけなのに、誰も、それに耳を傾けようとはしてくれなかったな。母親も、先輩方も、お弟子さんたちも」

「——わかり、ます」

「単純なことだよな、昴。私たちは寂しかったんだ。その人が帰ってこなくて」

待つこと。

待ったものが、帰ってこないこと。

能にはたくさんの「待つ」がある——約束した恋人が戻ってくるのを待つ。物の怪や神が正体を現すのを待つ。序破急のリズムの中で、そのエネルギーが爆発するのを待つ。

比良坂と僕は同じ。来るべきものを待って、待ち続けた。今も待っている。探しながら、もがきながら、決してその場に留まることなく、走りながら求めるものを待ち続けているのだ。

ほんのわずかに触れることのできた、比良坂自身の本音。僕は胸のぽかりと空いた部分に、それを丁寧にしまう。

覚えておこう。自分と比良坂が、同じ方向を向いているということを、いつでも。

しばらく僕を見ていた比良坂は、ふい、と投げるように顔を逸らし、川の対岸に視線を向ける。青山邸とその向かいにある家の松を確かめているらしいことが、その目線の流れでわかった。

「……青山さんには、世話になった。最近はどうしているのかな、と、ちょっと様子を見に来ただけのつもりだったんだがね」

ぽつり、と漏らした言葉に、確かな悲しみが混ざっている。舞台の上で彼らと一体になったとしても、比良坂は彼らと言葉を交わすことはできない。これ以上にないほど近くで存在を感じているのに、ただ感じていることしかできないもどかしさ。比良坂は静かに目を閉じ、軽く首を横に振った。その姿を見つめている僕に、問いかけてくる。

「青山さんは、まだ成仏できずにさまよっているってわけか」

僕は頷き、すぐに答えた。

「七十五歳で亡くなられたみたいなんですけど、残してきた松が心配なんだっておっしゃっていました。別れた奥様と植えた思い出の松なので、すごく大事にされていたみたいで。別れた奥様、あの向かいの松が植わっているお宅に住んでいらっしゃるんですよね。どうしようかって――思ってるんです。青山さん、あの松を枯らせたくないみたいですし、だからと言って、奥様にお願いしてもいいものかどうかもわかりません。先生の『高砂』

を見に来てくださいね、って、ご本人にはお願いしたのですが。そのあとにまたこの家に来てみて、青山さんがいらっしゃるようでしたら、どうしてほしいのかを聞いてみます。川の向こうに住んでいらっしゃる元奥様に、事情を伝えたほうがいいでしょうかって」

「奥様？」

比良坂がぴくり、と口を引きつらせる。白い眉間にしわを寄せて、さらに続けた。

「別れた妻があの家に住んでいると、そう言ったのか。青山さんが？」

「はい――事情があって、別々に暮らしているとおっしゃっていました」

比良坂は顎に手を当て、長く、長く、考えるような仕草を見せた。別れた妻……松。同じように育ったのが不思議だと、生前に青山さんはそう言っていた……と、独り言めいた言葉を漏らしながら。やがて顔を上げた彼の目に射すくめられて、僕は身を縮める。近い距離で見られると、ちょっと緊張してしまうような顔立ちをしているのだ、比良坂は。今さらのように思い知ったことではあるが。

「高砂に誘ったのか、昴。今までの経験からすると――青山さんはシテを務める私の身にとりついて、成仏なりなんなりをするはずだな」

「きっと、そうだと思います。比良坂先生が務められるシテと事情が似た幽霊たちは、みんなそれで未練のようなものを断ち切っていったようですので」

「であれば――今まで以上に、私にとりついた幽霊が何を語るか、を聞いてあげなさい。今回は未練の浄化だけでは済まない問題かもしれない。おそらく事情は私たちが見ているもの以上に複雑で——簡単には推測できないものだ。だから、聞きなさい。私の身におりた神が、青山さんが、何を叫ぶのかに、しっかり耳を傾けなさい」

揺るぎない声でそう言われて、僕は唇を噛む。額にかかる黒髪を払いのけもせず、比良坂はまっすぐな瞳のままで言葉を放った。

「それは君にしか、できないことだろう」

僕は頷く。低く垂れこめた雲の向こうで、渦巻く風の音が低く響き続けていた。

3

台風は、和歌山県潮岬の先をかすめて、太平洋のほうへとそれていった。

昨夜から降り続いていた雨は嘘のようにやみ、第一次大極殿正殿は文字どおり抜けるような秋の空を背負っている。かつての都の影だけを残した広大な土地に根を下ろす、再現された「儀式の場」。その朱と白と灰色の色彩を背景に、能舞台が組まれている。六メートル四方の舞台に、長く伸びる橋掛かり。四隅の柱のかわりに建てられた竹に張りめぐらされた縄には、真っ白な紙垂が躍っている。広大な「空《くう》」そのものを放っているかのような、舞台の存在感。前方に敷かれたブルーシートに腰をおろす観客たちは、がやがやと言葉を交わしながらも、その瞬間が始まる予感に胸を躍らせていた。風までもが、張り詰めている。何もかもを切り詰めた舞台に満ちる緊張が、この広い土地を覆いつくそうとしている。

僕は正面三列目の席——といっても明確な区切りがないので、だいたいの感覚なのだが——に腰をおろして、刻々と変わっていく空の景色を切り抜く舞台を見つめていた。隣に敷かれたブルーシートの通路側には、大和女子大の佐久間の姿が。僕の四列ほど斜め後ろには、喫茶「螺髪」の店主である八幡の姿がある。比良坂のけいこ場の弟子たちの姿も、あちらこちらで見かけた。千人ほどの観客を擁して、「高砂」が、平城宮跡薪能が、始まろうとしている。

比良坂と知り合う前から薪能のイベントには何度か足を運んだことがあったが、屋外に組まれた舞台で見る能楽というものは、ある種の超自然的な力に満ちているように思えた。空と土と風、そういった自然そのものと渾然一体となり、謡と、舞と、囃子の音たちが、大きなうねりとなっていく。能楽の本来の形というものは、屋外でなければ味わえないものかもしれない。土から生まれ出でるもの。潮のにおいに導かれるもの。風と共に運ぶ、身体の動き。水滴にも似た小鼓の音色と、地に響く足拍子。広大な空に穿たれた、一点の存在感。自然と共に、おそらくは、神と呼ばれる存在と共に。

高砂は——神の能だ。

名も知らない人々に囲まれ、膝を抱えながら、僕はただ自分の息の音と、音もなく頬を撫でる風の質量だけを感じていた。刻、一刻と時が過ぎ、景色が次第に薄い色彩に変わっていく。舞台に沿って立ち並ぶ薪の台に、火が入れられた。ぱちぱちと爆ぜる音。煙のにおい。笛の音が響く。太鼓の柔らかく、軽快な音が、ざわつく人々を鎮めていく。開演を知らせるアナウンスが、空の下に響いた。客席は静まり返っている。何かが始まる前の、この鮮烈な沈黙。僕は少しだけ首をめぐらし、ずっと後方にいるはずの、ある家族の姿を確かめようとした。

青山の元妻の娘と思われる五十代くらいの女性と、その夫らしき男性。彼女たちの娘、あるいは息子夫婦と、その幼い子供。彼女たちもまた、不思議な胸の高まりを抱いて、この舞台を見守っているはずだ。お手洗いに立ったときに、僕は後ろのほうの席で談笑する彼女たちの姿を確かめている。

青山は、来ているだろうか。あの佐保川沿いの家から、この平城宮跡まで。幽霊がどの程度物理的な距離を移動できるものか、僕ははっきりとは知らない。けれど、きっと、来られるはずだ。導かれるものがあるのならば。今始まろうとしているものが、青山とかつての家族を繋ぐよすがになっているのならば。

音もなく揚げ幕が上がり、囃子方が橋掛かりを渡ってくる。切戸口にあたる舞台右奥からは、八人の地謡が。それぞれが沈黙のままで位置につき、しばしの余白のあと、笛方がワキの登場曲である「真の次第」を奏で始める。何の合図もなされない、境界なき異界の「始まり」だ。

小鼓と大鼓が囃子の音色に加わる。舞台が、ここから遠く離れた時代、土地へと変化していく。ワキである神主、友成とワキツレの従者の登場。

脇能《わきのう》――神を演じ、舞う曲である高砂の詞章は、全編にわたって凜とした気高さに満ちている。颯爽と謡われる春の景色。高砂の浦についた由の詞章。ワキの神主とワキツレの従者が、舞台向かって右前方のワキ座に座する。空気を鋭く切り裂くような、笛のヒシギの音。ゆったりと、何かとてつもないものを呼び寄せるように、シテとツレの登場曲である「真の一声」の囃子が、舞台を満たしていく。揚幕が上がる。杉箒を携えた姥と、竹杷《さらえ》を携えた翁が橋掛かりで向き合い、高砂の浦の長閑な景色を謡いあげる。無紅唐織に縷水衣の装いの姥。小牛尉の面をかけ、白大口に絓水衣の装いの翁。縁起のいい人形として、その姿を模されることも多い、「高砂」の姥と尉の睦まじい姿だ。年を経たものからにじみ出る、神秘にも似た何か――シテである尉を演じているのは、比良坂である。まだ二十代の比良坂が、神としての存在と重なり合うかのような、老人の姿をまとっている。

所は高砂の。所は高砂の。尾上の松も年ふりて。老いの波も寄り来るや――。

人を超越したその黄髪の姿に、比良坂の透明な肌が溶け込んでいく。そこに重なり、ずれながら、なおも一体化していく、もうひとつの「魂」。来ている。ここに、来ている。姥と向かい合った尉の顔が、身体が――ひとりの人間の在りし日の姿と、ぴったり重なり合っていく。

青山の霊が、そこにいた。比良坂の声と肉体を借りて、彼の霊は高砂の浦の尉と成り果ている。

尉と姥は。松もろともに。この年まで。相生の夫婦となるものを。

ワキとシテの問答、語られる住吉と高砂の「相生の松」のいわれ。万葉、古今の歌集を引いて寿がれる、とこしえの御代。場所と時を隔てても、通じるもの、離れはしないもの——四海波静かにて。国も治まる時つ風。枝を鳴らさぬ御代なれや。めでたい席で謡われる四海波の詞章が、鮮烈に響く。昇華されつくした言葉の持つ神秘。もはや人間とは言えないその姿、老いのその先にまで行ってしまった存在を舞い尽くす比良坂の肉体を見ながら、僕は今さらのように、能楽というものの本質に触れた思いがしていた。

そうだ——能楽は、ただの舞台芸術じゃない。

神事なんだ。自然を畏れ、敬い、祈るための、神の芸能であったのだ。

比良坂は異界と通じ合っている。地獄の果てにも、人間の業を極めつくした最果てにも。地と空に満ちる神の世界とも。人間が神に変容していく。現代に生きる僕たちが忘れてしまった、この鮮烈なまでの畏怖。

舞台は進む、進む、進んでいく。我々は高砂、住吉の松の精であると明かして、橋掛かりから揚幕の向こうへと消えていく、尉と姥——舞台につかの間の現世が戻る。間狂言の語りを挟み、舞台は後場へ。月の出と共に、ワキの神主たちは高砂の浦から住吉へ向かって船をこぎ出す。おそらくは能の詞章の中でももっとも多くの人に謡われた、あまりにも有名な一節である「待謡」。

高砂や。この浦船に帆を上げて。この浦船に帆を上げて。月もろともに出汐《いでしお》の。波の淡路の島影や。遠く鳴尾の沖過ぎてはや住江に。着きにけりはや住江に着きにけり。

空間を引き裂く笛の音。小鼓の響き。太鼓が踊る。大鼓の乾いた音がリズムと一体となる。あまりにも軽快で、それでいて重々しくも神々しい出端の囃子。住吉明神としての本性を顕現したシテが、黒い鬘を自らが起こす風に流して、現れる。神そのものを人間の肉体に宿した、比良坂紅苑。神と、人、死んだ者の霊、自然のうねり、すべてが一体となった、金と白の姿――。

我見ても久しくなりぬ住吉の。岸の姫松幾代経ぬらん――。

シテと地謡の鮮烈な掛け合い。次第に速さを増していくリズム。序破急の急、その極み。住吉明神が、比良坂が、舞い踊る。謡う。舞う、踊る、地を響かせる足拍子を踏みしめて、これは、これは――神の舞だ。人間の念も情も、そこには入らない。そこに宿っていたはずの青山の霊の色が、次第に――次第に、薄れていく――。

だめだ。

青山の声が、そこに一体化しているはずの青山の姿が、僕の耳に、目に、届かなくなっている。神そのものを表すこの曲が、それほどまでに「強い」ということなのだろうか。だめだ、だめだ。前場ではまだ、彼の声を、思いを、聞いていられた。夫婦で永く、共に生きていくこと。青山が望みながら、叶わなかったその思い。後場でのシテは、もはやあまりにも人間たるものの存在とかけ離れすぎて――そこに煩悩や未練の入る余地がない。舞台の上ではテンポの速い「神舞」を、神をその身におろした比良坂が颯爽と舞っている。息を吐く暇もない。何かをさし挟む隙すらもない。押し流されるような、自然そのもののうねり――でも、だめだ。

青山がこの曲に惹かれて、ここに来たのなら。何らかの縁があって、住吉明神たる比良坂の身体におりてきたのならば。

聞かせて、ください。

僕は必死に、舞台の上のシテに向かって、心の中で呼びかけていた。青山さん。青山さん。人としての魂が変容して、あちら側のものとなる前に、聞かせてください。あなたが残した未練と苦しみを、すべて。

僕はまだ、あなたの謎を解くことができていない。

あなたを救うだけの言葉を、あなたから聞くことができていない。

神舞が――終わる――こちらに背を向けたシテに、地謡の謡が重なる。

ありがたの影向や。ありがたの影向や。月住吉の神遊《かみあそび》。御影を拝むあらたさよ。

確かに響いてきた声。時が、ゆるやかになる。止まらない謡と同時に響くようにして、青山の声が、言葉が、一気に流れ込んできた。

（改めて思い知ったよ。僕らじゃどうすることもできない神の所業とか、すべての在り方っていうものを、ね。知っているつもりだったんだ、僕は。妻が――結婚してすぐ、二十二で死んで、思い知ったつもりだった。この世を動かす、大いなる存在みたいなものを）

（――もう、いいんだ）

妻の、死。

はっきりと聞こえてきた言葉に、僕の思考が猛スピードでぐるぐる回る――青山は確かに、あの向かいの家に僕の昔の妻が住んでいると言っていたはずだ。しかし僕は、その娘さんらしき年代の女性の姿しか、目にしてはいない。青山と別れ、川の対岸に住んでいたはずの妻。しかし彼女は二十二で命を落としたという。人間ではどうすることもできない、神の所業。死んだ者。今生きている者。めぐり合い。縁。僕であれば、解けるはずの問題――。

まさか。

青山さん、あの五十代くらいの女性こそが、あなたの奥さんだった人なのではないですか。

げにさまざまの舞姫の。声も澄むなり住江の。松影も映るなる。青海波とはこれやらん。

お互いに憎んで、別れたわけではない。青山とその妻は、死別していたのだ。結婚してすぐに——共に白髪となるまで、と誓った言葉もむなしく——妻だけがあまりにも早く、先に逝ってしまった。青山は思い出の松と共に、あの家に残される。再び伴侶を見つけることもなく、何年も。やがて川の向こうの家に、ひとりの子供が生まれて——。

（驚いたよ。いや、何年もかかって驚いたっていうほうが、合ってるかな。その家の前を通ることも多かったんだけどね、庭先に植えられた松が……僕の家のものとそっくりそのままの形に育っていくんだ。そのそばで遊ぶ女の子は、写真で見た幼い頃の妻にそっくりだった。一度だけ、聞いてみたことがあるんだ。その家の人にはよく挨拶をしていたから、その女の子にも、流れでね。昔のことを覚えてるかい、って。そうしたら——まだ二、三歳だったその子は、いいや忘れてしまった、でも思い出したほうがいいかな、正二郎さん、って、教えてもいない僕の名を呼んだんだよ。僕は、びっくりすると同時に、これはいけないと思った。僕がこの子の人生に関わるわけにはいかないと思ったんだ。妻はまったく新しく、人生を始めたんだからって。どれほど、お互いの家の松がそっくりに育っていったとしても。その女の子が妻そっくりに育っていって——やがて妻の年齢を、追い越

していっても）

神と君との道すぐに。都の春に行くべくは。それぞ還城楽の舞――。

舞台の上の比良坂は、舞い続けている。その身に、神を宿したままで。青山の声は、もはや僕のすぐそばで響き始めていた。

（名乗り出るわけにはいかないと思ったんだ。妻を、僕という縄で縛り付けてしまう気がしたから。だから、ただ見守り続けたよ――対岸の家から、そっとね。結婚した。娘が生まれた。その娘がまた娘を産んだ。三人で楽しそうに散歩をしている。健康で、幸せだ。彼女は今を、幸せに生きている）

千秋楽は民を撫で。萬歳楽には命を延ぶ。

（あの松と向こうの松だけが、僕と妻を繋ぐ唯一のしるしだった。でも、もういいんだ。僕は十分に、妻のことを見届けた。彼女がこっちに来るのは、もう少し先のことかもしれないけど、僕は――）

相生の松風颯々《さつさつ》の声ぞ。楽しむ。

（十分なんだ。君に聞いてもらえた。高砂の舞台に立てたことで、妻と共に長い生を生きたかのような思いをさせてもらった。ありがとう。十分なんだよ、これで。妻にもありがとうって、心の中で呼びかけておいたから。ただ聞いてくれた。それでいい、それでいいんだ、橋野くん――）

　颯々の声ぞ
　楽しむ

　留めの足拍子が、高らかに踏まれる。

　未だ異界をとどめている舞台から、シテが言葉もなく去っていった。揚幕の向こうに消えていく姿。どこからともなく、誰からともなく、起こり始める拍手。長く響くその音の渦の中で、僕は星の上り始めた空を見つめていた。青山の気配は、もうない。橋掛かりからシテが去っていったのと時を同じくして、彼の気配はどこかへと消えてしまった。ただ爽快ですがすがしい、言葉の響きだけを残して。

　まだ続く拍手の中で、囃子方と地謡が、舞台を引いていく。終演を知らせるアナウンス。ざわざわと立ち上がり始める人々の中で、僕はしばらくその場を動かずにいた。ひとつ。ふたつ。深い呼吸をする。立ち上がって、人の波を避けるようにブルーシートから出て、ビニール袋に入れていた靴を履き、人々が流れていく朱雀門のほうへと走っていった。二度見ただけの姿だが、この人混みの中でも探すことはできる。幼い子供の手を引く母親、それに寄り添うように歩いている、小さく華奢な背中。

僕はもうためらわなかった。その後ろ姿に、はっきりと通る声で言葉をかけていた。

「あの」

振り返った女性――青山の「妻」は、優しそうな顔にわずかな警戒の色を浮かべた。僕は浅く頭を下げ、一息に続ける。

「正二郎さんが、言っていました。ありがとうって。そのうち向こうで彼と再会したら、どうか――声を、かけてあげてください。ずっと見守ってくれてたんだね、って」

「お母さん？」

「おうい、どうした」

家族に呼びかけられ、青山の妻ははっと後ろを振り返る。不思議そうに僕を見つめたあと、顔を背けて歩き始めた。

僕はその姿をただ見守る。数歩歩んで立ち止まった青山の妻が、こちらを振り返った。

笑っている。

「……わかっていました。わかっていましたよ、彼がここに来ていることも、生きている間も、ずっと見守ってくれていたことだって」

かつての自分であったときの微笑みをすぐに消して、青山の妻は「はっ」とした表情を見せた。そしてまた家族のほうへ向かって歩き出し、今度は振り返ろうとしなかった。

僕はその背を見守る。

すっかり日の落ちた平城宮跡の空に、見事な下弦の月が浮かんでいた。

奈良に移り住んでから、僕は幾度となく東大寺二月堂に足を運んでいた。

大仏殿の東から手向山八幡宮一の鳥居をくぐり、観光客からせんべいをもらおうとしている鹿たちに挨拶などしながら、ゆるやかな坂と階段を上っていく。手向山八幡宮にも手を合わせて、四月堂の前を通り、今度は二月堂を登る階段へ。松明の炎が美しく舞うお水取りで有名な建物だが、そこから見る奈良市内の景色はひときわ美しい。高い建物のないこの界隈で、遠くまで景色が見渡せるこの場所に立つのが、僕は大好きなのだ。

「――でも、高所恐怖症だとけっこうきついですよね、ここ」

そう言って、僕は背後の賽銭箱の横で腕を組んでいる比良坂を振り返る。ここまで僕を導くようにして歩いてきた彼は、二月堂のこの場所に来たとたん、「高いところは怖い」と立ち止まり、黙りこくってしまったのだ。僕は眼下に広がる市内の景色を指し示して、比良坂を誘うように言葉を続ける。

「景色、見ないんですか、比良坂先生。欄干があるから大丈夫です、落ちたりはしないですよ」

「落ちる落ちないの問題じゃないんだよ。どうして本能的に怖いと思うような景色を、わざわざ見に行ったりしないといけないんだ。山登りなんかも、私には理解できる趣味じゃないね」

「でもここまで歩いてきたの、比良坂先生ですよ。僕は『どこまで行くのかなあ』って、ただついてきただけです」

笑ってそう返した僕に、比良坂は眉間にしわを寄せた。嫌いなものは食べないとだだをこねている、子供みたいな顔だ。

「君はずいぶんとなれなれしくなったな、昴。つい最近までは、もっとへりくだった物言いをしていたじゃないか？」

「先生は初めから、わりとなれなれしい感じでしたよね」

僕はまた笑ってみせる。月に二度の謡のけいこのあと。比良坂の舞台の関係で午前中にけいこが終わるスケジュールを組んでいたから、比良坂能楽堂からここまでぶらぶらと、ふたりで歩いてきたというわけだ。どちらが誘ったのかは覚えていない。ただ僕は能楽堂を出てから、好き勝手に歩く犬について行くような気持ちで、ここまで付き添ってきただけだ。

比良坂はふう、とため息を吐いて、かわいくないやつだなどと、何やらぶつぶつつぶやきながら僕の隣にきた。木の欄干に手をかけてはいるが、少しだけ腰が引けているのがおもしろい。

僕はその横顔をしばらく見つめてから、また目の前の景色に視線を戻す。平日の昼下がり、行楽シーズンということもあって、人出はけっこう多いようだ。わいわいとした空気の中では、かえって自分たちだけの言葉に集中できる気がする。

「……ここからだと、比良坂能楽堂は見えないですね」

比良坂は遠く、空と地の境界線に目線を投げているかのようだった。僕の言葉には答えず、さらりとした口調で問いかけてくる。

「青山さんは、成仏したのか」

僕は頷く。平城宮跡の薪能から、一週間。薪能の次の日と昨日、違う時間帯に佐保川沿いの青山邸を訪ねてみたが、青山の姿はなかった。庭の松が、変わらずに僕を迎えてくれただけだ。

「やっぱり、高砂のシテ……比良坂先生と同一化みたいなことをしたおかげで、胸のつかえが取れたみたいなんです。もういい、ありがとうって、そう言いながら成仏されたみたいで。あの松は——どうなるか、わかりません。あれだけ大事にされてたから、次にあの家を買った人が受けついでくれるといいんですけど」

「もういいだろう。本人にとって、本当に大事なのはあの松なんかじゃなかったのさ」

僕は比良坂の横顔を見る。美しい山の稜線のような輪郭が、周囲の景色を縁取っていた。

「僕は結局、また話を聞くことしかできませんでした」

欄干に手を置いたまま、僕は目を伏せる。歩き続けて汚れてしまった靴のつま先が、目に飛び込んできた。

「清経のときや、鵺のときは、まだちょっと介入できたかなって思うんですけど。今回は本当に話を聞くしかできなくて、青山さんや残された奥さんに何かをしてあげたって実感がなくて。それで——よかったのかなって、ちょっとそう思ってるんです」

「それの何が悪いんだ」

そう答えた比良坂が、僕のほうに向きなおる。長歩きで少し乱れた髪がひと房、白い額に垂れていた。

「ただ、話を聞く。それだって立派な人助けじゃないのかね。誰もができることじゃない」

不意にまぶしくなる日の光と、参拝客の笑い声。僕らの傍らで、何人もの人が手を合わせ、祈りを捧げ、歩き去っていく。

「寄り添って同一化することで、その相手の想いを十分に理解してやれることもある。それだけで救いになるって人間も、そりゃあ多いだろうさ。聞く側にとっては、危ういことだがね。呑み込まれないようにしないといけない。自分の中に入ってくる怒りや悲しみ、それを超越した感情などに、な」

怒り。悲しみ。それを超越した感情。

面をかけ、舞を舞い続ける比良坂は、舞台に立つたびその身に何を宿しているのだろうか。魂と魂で向き合い、命を削ってまで、何を成し遂げようとしているのだろうか。同一化。共感。すり合わせ、ぶつかり、ないまぜになって、初めて相手のことがわかることもある。とことんまでわかりあうことから逃げるのは、賢いことなのか。それが思いやりというものなのだろうか。僕は実際のところ、ずっと逃げ続けていたのだ。救いたいと主張してきた幽霊たちからも、自分の目の前から姿を消した父親からも、ふっと湧いて現れた僕に手を差し伸べてくれた、比良坂からも。

能楽は神の舞、鬼の技だ。真剣に向き合おうとするのならば、その世界にとことんまで没入しなくてはいけない。

そうしなければ、徹底的な余白のすべてを、埋めることなどできないのだから。

「……僕、父親がまだ家にいた頃に、よく話しかけてたんです」

比良坂が、ちらりと僕のほうに視線を投げた。もう話すことにためらいはない。僕はその顔を正面に見ながら、さらに続ける。

「お父さん、大丈夫？　って。父が倒れたのは僕が小学校三年生のときだったから、本当に無邪気な思いで、そう語りかけてたと思うんです。頑張って、僕がいるよって。でも、その言葉が父を追いつめてしまったのかもしれないと思って、僕は――ずっと自分が間違っているような気がしてきました。大丈夫ですか、何か力になりましょうかって幽霊たちに声をかけても、どこか自分でブレーキをかけていたんです。おいおい、ただのおせっかいで怪しいやつだぞ、お前はって」

比良坂は少し目を細めて、僕の言葉に反応する。欄干に手をかけたままで、まっすぐに返してきた。

「だったら、すべて無視をしておいたほうがよかった……と言いたいわけでは、ないんだろう？」

「はい。とにかく、これからは……」

一度口を閉じ、僕は軽く顎を引く。自分を納得させるように頷いて、さらに続けた。

「もうちょっと、おせっかいに行こうと思います。だから――だから、先生も、胸に抱えていらっしゃるものを、たくさん話してください。僕、もう逃げませんから。ちゃんと、先生の話を聞きますから」

比良坂は少し目を見開いて、しばらく、たっぷりと一分ほど、僕の顔を見つめていた。やがてその表情のままでまた欄干のほうに向きなおり、今度は片手でその木の肌にもたれかかる。

その横顔は笑っていた。何を言っているんだ、かっこうをつけるんじゃないという、からかいまで込めて。

僕は無遠慮で、傲慢だ。だから素直に、思ったことだけを口にする。

「先生は――立派です。本当に。気づいてなくとも、たくさんの人を救ってきたんだと思います」

比良坂がこちらに顔を向けた。深く切れ込んだ目を、わずかに細めている。

「立派、か。本当に、そう思うんだな」

「はい。みんな言ってますよ。紅ちゃん先生は偉いって。僕だけじゃないです」

「ずるい手法だな。あの人があなたのことを褒めていましたよ、と相手に伝えるのは、直接褒めるよりもはるかに効果があるというからね」

「嘘じゃないですよ。本当に、みんなそう言ってるんです」

「わかった、わかった、そんなこと、わかりきってるさ」

ひらりと手を振って、比良坂はこちらに背を向ける。数歩進み、慌ててその姿を追い始めた僕に向かって、透き通った、何の屈託もない瞳で笑いかけてきた。

「私は立派な比良坂流二十七代目の当主で、君はその立派な当主の右腕というわけだ。いいことじゃないか。博士論文とやらがうまく進まなかったら、私の伝記でも書いて提出すればいい。私の話すことを、すべて聞いてくれるんだろう？　ひとりの人間の人生記録なんてものも、立派な研究対象になるだろうからね」

冗談なのか半ば本気なのか。世間というものから遊離している比良坂は、ときどき判断のつかないことを言う。だが、それもいい。比良坂の言うとおりだ。

僕がずっと探し求めてきた答えが、ひとりの人間の生き方に表れていることだってある。

「それも、いいかもしれませんね」

答えて、僕は再び歩き出した比良坂の背を追った。

緩やかに広がる奈良の平野に、親しみを込めた視線を投げて。

この物語はフィクションです。
実在の人物、団体等とは一切関係がありません。
本作は、書き下ろしです。

■参考文献

『班女（観世流特製一番本（大成版））』観世左近（檜書店）
『清経（観世流特製一番本（大成版））』観世左近（檜書店）
『鵜（観世流特製一番本（大成版））』観世左近（檜書店）
『高砂（観世流特製一番本（大成版））』観世左近（檜書店）

木犀あこ先生へのファンレターの宛先

〒101-0003　東京都千代田区一ツ橋2-6-3　一ツ橋ビル2F
マイナビ出版　ファン文庫編集部
「木犀あこ先生」係

Fan
ファン文庫

能楽師 比良坂紅苑は異界に舞う

2021年9月20日　初版第1刷発行

著　者　木犀あこ
発行者　滝口直樹
編　集　山田香織
発行所　株式会社マイナビ出版
〒101-0003　東京都千代田区一ツ橋2丁目6番3号　一ツ橋ビル2F
TEL 0480-38-6872（注文専用ダイヤル）
TEL 03-3556-2731（販売部）
TEL 03-3556-2735（編集部）
URL https://book.mynavi.jp/

イラスト　斎賀時人
装　幀　木下佑紀乃＋ベイブリッジ・スタジオ
フォーマット　ベイブリッジ・スタジオ
DTP　富宗治
校　正　株式会社鷗来堂
印刷・製本　中央精版印刷株式会社

 ISBN978-4-8399-7693-4
Printed in Japan

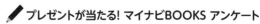

ファン文庫

百物語先生ノ夢怪談
～不眠症の語り部と天狗の神隠し～

著者／編乃肌
イラスト／TAKOLEGS

怪談師・百物語レイジとともに霊がもたらす
謎を解き明かすオカルトミステリー

姉の神隠し以来、霊が視えるようになった二葉。
怪談師・百物語とともに神隠しの真相を解き明かす
オカルトミステリー